MAINTENANT

DU MÊME AUTEUR

L'Enchanteur, Pocket Jeunesse, 2019

Comme des héros sans guerre, Albin Michel, 2006 ; Le Livre de Poche, 2007

Une vieille querelle, Albin Michel, 2004 ; Le Livre de poche, 2005

www.editionsphebus.fr

ISBN : 978-2-7529-1383-8

À mon père.

VENDREDI

1.

Dans sa tête, il articule « Maintenant ! » Ses foulées sont longues, il respire bien, les muscles de ses épaules et de ses bras pulsent et il se sent fort. Aucune douleur lombaire, pas de courbatures. Il fait beau et froid alors qu'il descend la rue de Rome, le brouhaha de la ville est réglé sur une fréquence basse et harmonieuse. De la porte ouverte d'un pressing s'échappe un parfum de linge propre et de chaleur piqué d'un relent métallique. Son esprit est clair, pas de tension, pas de choix complexe, pas d'excuses à formuler, pas de désirs. Des pulsions, oui, mais il sait procrastiner avec ses pulsions. Virgil est heureux, il est droit et peu vulnérable, un homme acceptable selon ses propres critères, tous forgés à l'adolescence.

De cet âge, il a gardé son unique superstition. Quand il vit un instant parfait, il articule dans sa tête :

« Maintenant ! » Cela veut dire : « Si je pouvais décider du pire moment de ma vie, faites que ce soit celui-ci. Si ça, c'était le pire, le reste serait si merveilleux... » De plus en plus souvent, il prononce le mot à voix haute, parler tout seul n'est plus un problème depuis que les gens téléphonent dans la rue avec une oreillette.

Il lui reste une demi-heure avant d'arriver à destination. Il s'en réjouit. Il va pouvoir lancer une rêverie. Éveillé, Virgil ne rêve que de fictions. Il allume son projecteur, choisit l'époque, le décor, le scénario et c'est parti pour quinze, trente minutes, deux heures... Exactement comme lorsqu'enfant, il s'inventait des destins légendaires en agitant un bâton de bois dans un jardin. Il n'a jamais cessé, simplement perfectionné la technique. Au point que c'en est devenu une façon de vivre. Il ne s'attarde pas à imaginer comment va se dérouler la réunion de travail de l'après-midi ou le rendez-vous du soir avec une femme qui lui plaît. Il ne fuit pas la réalité, il la traite en affaires courantes. Le reste du temps, il est au cinéma.

Aujourd'hui il retourne en Britannia, vers l'an 130, dans un fort retranché le long du mur d'Hadrien. Il est Quintus Marcellinus, un centurion dans la neuvième légion. Il a tenu ce rôle déjà. Il s'y sent bien, un avatar familier dont il fait et défait le sort à chaque nouvelle incarnation.

Quintus est gelé mais il se concentre pour ne pas frissonner devant ses hommes qui ne trouvent pas le sommeil et tapent du pied dans la nuit. Ils partiront à l'aube traquer les Pictes qui ont saccagé un fortin à quelques kilomètres de là. L'endroit est sans réelle importance stratégique sur ce mur qui trace une frontière de l'empire mais c'est un affront, il faut bien réagir. Les légionnaires de Quintus sont tous des vétérans, ils râlent mais obéissent. La plupart pourraient faire valoir leurs années de service mais beaucoup n'envisagent aucune autre vie. C'est pour cela qu'ils se mettront en route sans hésiter demain, transis sous leurs manteaux de laine bouillie, les pieds plus crevassés que les déserts de Palestine, boitant, crachant, toussant. Autour des braseros, leurs conversations sont empreintes d'une nostalgie qui ne dit rien des provinces où ils sont nés. Les Romains ne sont pas dupes : les pierres grises du mur ne gardent rien mais annoncent un éboulement à venir. Ici, la force centrifuge de l'empire est faible, on flotte à la lisière d'autre chose. Rome est la plus belle histoire que le monde ait jamais racontée mais les récits qui bruissent dans la frondaison calédonienne en délitent la grammaire. Les légionnaires tomberont sans doute avant le mur mais le mur tombera. Ils le savent parce qu'ils ont déjà tout vu tomber, sous la pointe de leurs lances, sous le poids de la corruption du Sénat. Quintus trinque et rit aux blagues grivoises de Flavius quand… Virgil est interrompu par les insultes d'un clochard penché au-dessus de deux femmes attablées en terrasse, recroquevillées dans leurs manteaux chics sur le contenu de leur assiette. Sans hésiter, Virgil (qui est encore un peu Quintus) s'interpose et se colle contre le torse du barbare. Plusieurs informations l'arrachent définitivement à sa rêverie : si Virgil est grand et baraqué, le clodo est une montagne. Il empeste la pisse aigre et l'alcool, ne remarque même pas sa présence et continue de vociférer par-dessus son épaule. Virgil n'est plus d'humeur de centurion, l'hypothèse de la violence se précise et ses jambes se dérobent. Il convoque ses années de pratique de la boxe, s'exhortant à plus de maîtrise, il pense à fuir mais la honte lui coûte plus que la peur. Alors il décide de faire un pas, minuscule, lent, poussant de sa poitrine la masse devant lui. Un pas après l'autre, le monstre ne le voit toujours pas, il braille, postillonne. Virgil continue, pousse encore. Cinq, dix, vingt pas sur le trottoir. Au moins, si ça finit mal, il aura éloigné le type des deux femmes. Il en éprouve une légère consolation. Et là… la bête recule et le découvre enfin, plante ses yeux rougis dans les siens. Un visage éboulé, un regard dément. Au ralenti son énorme paluche crasseuse va chercher quelque chose dans la poche intérieure de son imperméable. Cette fois Virgil est prêt, il lève les poings. La main du clochard remonte. Un éclat métallique.

De son manteau, le clodo extrait une longue canette de bière, la décapsule dans un chuintement grailleux, soupire, la tend à Virgil et demande : « T'en veux ? »

Alors qu'il avale en silence cette horrible bière chaude, partageant la canette avec le colosse pouilleux, ne craignant plus les coups mais plus raisonnablement l'herpès, Virgil rigole et pense à quelques légionnaires là-bas qui se moquent gentiment de leur centurion et le défient de ne pas en laisser une goutte.

« Je dois y aller, j'ai rendez-vous », dit-il pour conclure au SDF qui lui répond : « Merci et porte-toi bien, bonhomme. » S'il ne puait pas autant, Virgil le prendrait bien dans ses bras.

2.

C'EST UN RESTAURANT DISCRET du neuvième arrondissement, repaire de politiques et de patrons de médias. Virgil y a déjeuné quelques fois, quand il avait publié une saga sur la croisade des Albigeois écrite par un ministre à la retraite. Sarah se lève et traverse la salle pour venir à sa rencontre et c'est comique de voir les regards des clients suivant ses fesses en travelling. Même certaines collaboratrices de Virgil trouvent qu'elle exagère, avec ses pantalons ultra moulants, ses faux cils, ses faux seins et ses blagues de cul. Sarah est une bombe sexuelle de soixante ans, funambule sur la corde du spectaculaire au-dessus du gouffre de la vulgarité.

Elle lui ouvre grand les bras.

« J'embrasse pas aujourd'hui », lâche Virgil.

Elle fait la moue. Il lui raconte l'histoire du clodo et de la bière en s'installant à table. Elle éclate de rire.

« C'est moi qui invite, dit-elle, j'ai quelque chose à fêter. »

Elle lui tend un verre d'un vin hors de prix.

« Ça y est, ils m'ont virée.

– Tes cours à Columbia ?

– Tu peux les rayer de ma bio.

– Tu ne vends plus rien de toute façon. »

Elle le frappe avec sa serviette.

« Raconte.

– Je suis "oppressive". »

Virgil pouffe.

« Je te préviens... » fait-elle en dressant un index menaçant.

Il s'empourpre.

« C'est pas drôle, plaide-t-elle.

– Si ça l'est un peu, chérie. »

Elle lui explique que plusieurs associations étudiantes voulaient sa peau au motif qu'elle serait trop réac. Elle s'était déjà rendue coupable de pensées relativistes sur le concept de micro-agressions mais c'est dans un débat sur l'introduction d'une charte sémantique inclusive préconisant de remplacer les mots « père » et « mère » par « gardien » que Sarah avait perdu son sang-froid et fini par insulter tout un amphi.

Virgil entend « amphi » et le mot résonne en écho

dans sa tête, c'est un appel qu'il reconnaît, il résiste mais glisse et même s'il a souvent trébuché dans ses mondes alternatifs, il est frappé par la précision de l'image qui s'impose à lui : il a vingt ans, s'appelle Anton Mayer, il traverse le campus de Columbia, un étui à guitare sur le dos, il fait beau, partout fleurissent les pancartes et tourbillonnent les cheveux longs. On se croirait dans la comédie musicale *Hair* qui fait un tabac sur Broadway. L'année est 1968, sa petite amie Nancy est une intellectuelle passionnée. Elle recrute des volontaires pour Eugene McCarthy qui se présente aux primaires démocrates du New Hampshire en faisant campagne pour le retrait immédiat du Vietnam. Anton est le fils d'un accordeur de piano allemand qui a immigré en Californie avant la guerre. Sa mère est professeure dans un collège. Anton étudie la littérature mais sa passion est la musique. Il compose une folk planante avec une obsession de la note parfaite à la Miles Davis. Virgil ralentit le fil des images pour regarder Anton traverser le campus, sa peau diaphane et ses boucles brunes… cet avatar lui plaît, il sent qu'il va l'emmener loin… mais les ongles tapent fort sur la table, les ongles de Sarah qui est encore en train de détailler par le menu les humiliations qu'elle a subies dans le bureau du recteur, la lâcheté de ses pairs. Virgil s'extirpe de sa rêverie, un peu honteux de s'être laissé dériver en pleine discussion. Ce débordement l'embarrasse, ses voyages doivent rester un plaisir solitaire, il est persuadé que c'est une ligne rouge à ne pas franchir.

Il prend la main de son amie. Il sait que ce bannissement lui fait beaucoup de peine. Ils se connaissent depuis vingt-cinq ans. Elle avait été l'une de ses premières autrices quand il avait repris la maison d'édition familiale. À l'époque, Sarah était une chercheuse inconnue avec un PhD en épidémiologie de l'université de Tel-Aviv et un autre en sociologie de Berkeley. Elle avait été une pionnière du féminisme pro-sexe : vingt-cinq ans de militantisme, de publications, un quart de siècle à se faire traiter de chienne hystérique sur tous les plateaux de télé par des bigots pour finir dézinguée par la relève de son propre camp.

« Pourquoi tu souris ? À quoi tu penses ? lui demande-t-elle.

– À ta chatte, fait Virgil.

– Ah ça... j'ai une belle chatte. »

C'était une blague entre eux depuis le jour où il avait reçu au bureau un mail d'elle avec une photo très explicite, quelques semaines après sa labiaplastie, accompagnée de la phrase : « Comment tu la trouves ? » Virgil ne voyait pas l'intérêt de conformer l'apparence de son sexe à celui d'une actrice porno sortie de l'adolescence mais il avait bien sûr menti comme un arracheur de dents.

« On a fait quoi ? Dix bouquins ensemble ? reprend-elle.

– Onze.

– Et je suis oppressive maintenant...

– Bah... j'ai jamais pensé que t'étais une fille bien.

– Je sais. Tu es un vrai ami. »

Ils commandent et passent le repas à discuter de son prochain livre qu'elle a envie de laisser tomber. C'est une routine réconfortante pour tous les deux. Sarah explique en détail ses découragements, Virgil écoute chacun de ses doutes, se garde bien d'objecter et pose des questions jusqu'à ce qu'elle change d'avis elle-même, là il encourage, flatte, le livre est sauvé, l'envie retrouvée, l'amitié célébrée bruyamment. Sarah est reconnaissante qu'il ait rempli son rôle, lui se dit qu'il n'en a pas marre de faire ce métier, il lui reste quelques auteurs comme elle qu'il admire sincèrement. Il a tant besoin d'admirer.

Au café, Sarah lui demande où il en est. Il s'entend réciter que tout va bien, que sa fille l'émerveille, que le boulot est de plus en plus dur mais toujours passionnant. Elle le relance comme prévu sur sa vie sentimentale, il répond qu'il est seul, heureux de l'être, qu'en matière d'affection ses amis lui suffisent et que pour le sexe, aucun homme de son âge n'a le droit de se plaindre, l'époque lui semble dure avec les couples et douce pour les célibataires.

Sarah affiche un sourire dubitatif.

« Et si tu répondais à la même question mais en te souvenant que c'est à moi que tu parles ?

– Ah… Je dirais que ça me manque d'être amoureux. Surtout ne le répète à personne.

– Promis.

– Tu es une vraie amie. »

3.

SARAH S'EST ENGAGÉE DEPUIS DES SEMAINES à l'accompagner pour une corvée qu'il ne peut plus repousser. Virgil entre dans la boutique de fringues, une boule dans la gorge comme à chaque fois. Il doit rattraper dix ans de désinvolture vestimentaire. La liste est simple : trois costumes, une veste, deux pantalons. Avec ça, il devrait tenir une décennie de plus. Pas de cravate. Sa définition de l'inconfort est de porter une cravate, parce que cela veut dire fermer ses cols de chemise et qu'il n'y arrive jamais. C'est un problème qui l'obsède depuis l'entrée dans l'âge adulte. Quand était venu le jour où il lui avait fallu troquer ses tee-shirts et ses jeans pour une panoplie plus convenable, il avait découvert que son corps ne répondait à aucun des canons envisagés par les tailleurs. Les difficultés qu'il avait alors rencontrées pour accéder à un peu d'élégance dans les boutiques *pour hommes* avaient éclairé certains mystères non résolus de son adolescence. Il devait systématiquement faire reprendre les vestes, et parfois les choisir d'une taille plus grande que ses pantalons. Il était ce mauvais client qui oblige le vendeur à dépareiller les costumes. Au lycée, il avait souvent entendu dans la bouche de ses flirts : « C'est marrant, à la base, tu n'es pas mon genre de mec. » En général, elles lui disaient ça juste après la première relation sexuelle, l'air surpris de se retrouver à poil à côté de lui en train de fumer une cigarette. Le fait qu'elles aient été assez nombreuses à finir nues sur ce lit n'apaisait pas son malaise. Il avait détesté être ce type qui obligeait les filles à dépareiller leurs envies.

Sa mère l'avait pourtant averti quand il avait treize ans, par un augure digne d'une tragédie grecque. Elle avait déboulé, agitée, dans sa chambre, c'était un lundi. Elle s'était assise sur le lit à côté de lui, l'avait fixé de ce regard qu'ont les adultes au moment de dire à leur enfant quelque chose qu'ils ont d'abord répété dans leur tête, une sentence qui se veut grave mais dont ils sont aussi fiers, un épisode de leur vie de parent qui est enfin tout à leur gloire et qu'ils pourront raconter à leurs amis pour chasser les compliments. Quand Virgil avait reconnu, sans pouvoir le nommer, ce regard intense et narcissique jeté sur son pauvre visage ravagé par l'acné, il avait tout de suite pensé qu'elle allait lui annoncer un divorce. Ses parents s'engueulaient beaucoup cette année-là.

Elle avait pris son temps et commencé : « Il y a une chose que je dois te dire... mais pas maintenant... quand on sera tranquille. » Virgil avait compris « sans ton père » et cela l'avait conforté dans son intuition. Il n'avait pas trouvé étrange la forme de cette « non-annonce » jusqu'à ce qu'elle se répète le lendemain... puis tous les jours jusqu'au samedi, un art de la mise en scène un peu appuyé tout de même... Le samedi donc, dans l'appartement « tranquille », sa mère avait paru pour son *grand finale*.

« Voilà, ce que je vais te dire est sans doute une des choses les plus importantes de ta vie. Tu ne seras jamais beau, mon fils. Mais ce n'est pas grave, les femmes préfèrent les hommes charismatiques. »

Et elle s'était levée et avait quitté la scène.

Il avait eu envie de rire et de vomir en même temps. Il avait ravalé les deux. Cela n'était jamais vraiment ressorti depuis.

Dans la boutique de vêtements, Sarah tient bien son rôle et il lui en est reconnaissant. Elle décide de tout, commande, le fait tourner sur lui-même sans jamais lui demander son avis, il n'a pas une fois besoin de se croiser dans la glace, il n'a rien à dire, il n'est pas concerné. Alors, il la regarde. Et comme à chaque fois, il est fasciné. Virgil sait qu'elle se lève tous les matins à 6 heures pour commencer la journée par une longue cession de gym. Sans doute est-elle au régime depuis la puberté, son corps tout entier est une planche anatomique où chaque muscle est dessiné avec la précision d'un crayon à mine sèche. Cette violence qu'elle exerce sur elle-même bouleverse Virgil. Une part de lui souhaiterait qu'elle se détende, prenne dix kilos, qu'elle découvre les grasses matinées et les macarons, qu'elle se rende compte que la beauté féminine n'est pas restée inféodée aux standards cocaïnés des années 80. Une autre part questionne la nature de son élan. Il est le témoin depuis si longtemps du pouvoir de Sarah quand elle débarque quelque part dans une de ses robes couture dessinées par des sadiques pour des martyrs. Il sait la façon dont tous les regards se tournent, dont une foule entière dans une pièce ne peut plus vaquer à ses occupations sans que sa présence ne soit devenue un sujet. Il pourrait balayer d'un revers la superficialité de ce qui se joue dans ce rapport social, souligner le prix à payer et la vanité des bénéfices. Mais il doit bien s'avouer qu'il envie l'adrénaline, le plaisir brut qu'on doit éprouver à n'avoir besoin que de paraître. Le fait qu'elle soit pratiquement toujours la plus diplômée de la salle ajoute à ce fantasme de suprématie – parce que c'est bien cela dont il est question, dominer. Depuis des décennies, Sarah règne là où Sarah paraît. C'est peut-être bientôt la fin, c'est peut-être déjà moins vrai. Mais avoir vécu ça ? Oh on peut répéter à l'envi que là ne réside pas le bonheur, la réalité est qu'il admire son pouvoir. Lui doit, comme le commun des mortels, se donner du mal pour intriguer, séduire, plaire, baiser. La plupart du temps, il se console en se disant qu'il n'a pas à se plaindre. Quand il est avec Sarah, il se dit juste qu'il ne s'est pas donné assez de mal. Pas étonnant qu'elle se fasse des ennemies… et l'âge n'arrange rien, depuis qu'elle a passé la barre des cinquante, les femmes ne lui pardonnent pas d'être aussi outrageusement sexuelle. D'autant que le plus beau, le plus intoxiquant, c'est que Sarah qui a tant eu recours à la chirurgie n'a pas une fois touché son visage et arbore ses rides de façon aussi provocante que sa poitrine siliconée. Elle les théâtralise même en gardant sa crinière très longue et très brune. Combien de fois Virgil a entendu une femme plus jeune dans son entourage asséner : « À partir d'un certain âge ce n'est pas élégant de les garder si longs. » C'est toujours énoncé comme une règle de bon goût. Lors d'un dîner, une autrice avait raillé le look de Sarah en décrivant la scène d'un type dans la rue qui marcherait derrière elle et penserait craquer pour une pin-up de trente ans. Dans la narration mondaine de ce conte, la jeune femme avait laissé en suspens la morale. Elle n'avait pas bien pris son silence, et insisté pour que Virgil se prononce.

« Mais, franchement, en tant qu'homme, tu crois qu'il pense quoi le type qui finit par la dépasser sur le trottoir et découvre son âge ?

– Qu'il a envie de se la faire.

– Pardon ?

– Je crois qu'il pense qu'il a envie de se la faire.

– Mais ce n'est pas la question...

– Peut-être, mais c'est clairement ton problème. »

Et là, dans cette boutique, la regardant, la trouvant désirable, Virgil pense aussi qu'il la connaît assez bien pour savoir qu'évidemment, ce n'est pas si simple, que Sarah elle-même tangue comme tout le monde entre des aspirations contraires. Qu'elle se sait accro au désir et au pouvoir, et qu'elle sait bien que cela lui a sans doute coûté plusieurs relations qui auraient pu déboucher sur une grande histoire, qu'à chaque nouvel homme qui tombe sous son emprise, elle entre dans l'appétit du prochain à venir, parce que le désir est une drogue, et que dans la tête de Sarah, c'est tout simplement le bordel, comme dans la sienne, et qu'aucun psy n'y mettra de l'ordre, parce que le désir est riche en choix, que tant qu'on n'y a pas renoncé, on reste un être de possibles. Sarah le regarde, amusée et dit :

« Eh ? Oh ? Tu es où ? C'est fini. Tu peux payer. »

Et elle décroise les jambes et se lève, superbe.

Ça fait une sacrée somme à la fin mais il s'y était préparé et il se réjouit même à l'idée d'être un peu plus chic quand il reprendra le boulot lundi. Sarah le félicite une dernière fois pour les achats, appelle un taxi et disparaît. Virgil en hèle un à son tour. Installé, il prend pour un bon signe que le chauffeur écoute un album de Nick Drake. Il n'en faut pas plus pour qu'il rebascule sur les pas de son nouvel avatar musicien.

Le label a réservé pour Anton une chambre au Chelsea Hotel, sur la 23e. Il n'est pas dupe, c'est pour travailler son aura. Tous ceux qui comptent sur les scènes musicales, littéraires ou cinématographiques sont passés par là, il vient de croiser Milos Forman à l'accueil. Virgil fait une pause : Forman en 69 ? Il faudra qu'il vérifie s'il était déjà connu. Il se dit qu'il doit se planter de dix ans. Kubrick ! Anton Mayer vient de croiser Kubrick à l'accueil, en compagnie de Peter Sellers. C'est mieux.

Anton aurait préféré un endroit plus moderne et plus propre, il n'a pas goût pour les fantômes, et il se sent toujours gêné quand il croise des stars, ce qui arrive beaucoup ces derniers mois.

Son premier album a été un carton, aucun titre ne s'est classé dans les meilleures ventes mais beaucoup d'artistes sont venus le voir sur les petites scènes de la côte Est que lui avait bookées son manager. Il a eu plus de commentaires élogieux en une année que la plupart des musiciens n'en espèrent en une vie. Même les jazzmen l'ont adoubé, Quincy Jones a essayé de le débaucher pour la Mercury. Anton n'arrive pas à se réjouir et se promène avec une boule dans la gorge. Ce n'est pas l'épreuve du deuxième album qu'il redoute. Il sait qu'il sera bon. Très bon même. Il a dû batailler avec le label contre les guests célèbres et une production trop pop. Il a gardé la guitare, un piano et un violoncelle. En cette année 1969 où les guitares électriques font encore la loi, l'album restera folk. Une folk « éthérée »... Comme il hait ces formules toutes faites. Il a même failli se raser la tête juste pour qu'on arrête de le comparer à un « ange mélancolique ». Sa vie a déjà basculé. Il ne peut plus tenir une conversation sans que cet autre s'impose, ce personnage qu'il abhorre. Il a fait la couverture de *Rolling Stone* la semaine dernière. La photo l'obsède. C'est lui, ce type blafard, à la beauté molle et hypersexuelle à la fois ? Cet air boudeur grotesque à la Jim Morrison, il n'en est vraiment pas responsable ? Il repense à quelques photos d'enfance où on le voit traîner dans les jupons de sa mère, un sourire de ravi de la crèche illuminant sa bouille ronde. Il est cet enfant. Il n'aime que la joie, les strudels chauds, l'odeur de tabac de son père. Il n'a jamais manqué de rien, il a été un des enfants les plus aimés de sa génération, il a grandi dans les éclats de rire et les encouragements. Il n'a même pas eu à économiser pour s'acheter sa première guitare, il a eu les meilleurs profs privés. Il l'aime cet enfant choyé, il ne le rejette pas, il n'en a pas honte.

L'ascenseur s'ouvre, le couloir est obscur en pleine journée, ça pue le marécage ici. Il se dirige vers sa chambre, son étui à la main. Il passe devant une femme qui a du mal à ouvrir sa porte. Il la reconnaît, c'est Janis Joplin. Elle le regarde, lui sourit. Il est persuadé qu'elle le voit pour de vrai, mais il sait aussi à quel point il a besoin que quelqu'un le voie pour de vrai.

« Bravo pour l'album » lui fait Janis.

Anton est figé. Il voudrait dire : « Vous êtes une bénédiction dans ma vie, une inspiration majeure, vous êtes mon rock préféré, mon rire préféré. » Et il se donnerait bien des baffes quand il s'entend prononcer : « Vous attendez quelqu'un ? »

Janis sourit : « J'attends Kris Kristofferson.

– Ça tombe bien, je *suis* Kris Kristofferson », répond-il.

Elle se marre et elle lui fait signe de le suivre. Dans la chambre, ils se déshabillent lentement et sans un mot. Ils vont vers le lit et se collent l'un à l'autre. Il est si bien et si triste à la fois. Dans sa tête la mélodie d'une nouvelle chanson s'envole :

I remember you well in Chelsea Hotel
You were talkin' so brave and so sweet
Givin' me head on the unmade bed
While the limousines wait in the streets[1].

Virgil s'est surpris lui-même en commençant là, dans cet hôtel plutôt qu'en reprenant le fil dans un studio pendant l'enregistrement du premier album. Pourquoi avoir parodié la vraie rencontre entre Leonard Cohen et Janis Joplin ? Parce qu'il adore cette anecdote oui, mais il doit bien y avoir autre chose. Peut-être parce qu'acheter des vêtements lui a fait penser à la prophétie de sa mère, et qu'il aurait bien aimé avoir la tête de Kristofferson ? Et puis il se souvient que la chanson de Cohen est passée à la radio la veille pendant qu'il se douchait et qu'il en a fredonné les paroles qu'il connaît par cœur.

1. Je me souviens bien de toi au Chelsea Hotel/ Tes mots étaient doux et braves/ Tu me faisais une pipe sur le lit défait/ Pendant qu'une limousine attendait dans la rue.

And I remember you well in Chelsea Hotel
You were famous, your heart was a legend
You told me again you preferred handsome men
But for me you would make an exception[2].

2. Je me souviens bien de toi au Chelsea Hotel/ Tu étais célèbre, Ton cœur une légende/ Tu m'as répété que tu préférais les hommes beaux/ Mais que pour moi tu ferais une exception.

4.

SUR LE PALIER, au moment de sortir la clé, il pense qu'être heureux de rentrer chez soi est un privilège. Dehors, il y a parfois des journées dures, des défaites, des angoisses. Mais si dedans, la promesse de la paix est garantie, Virgil ne brisera pas sous la charge. Et il se sent le plus chanceux des hommes parce que derrière cette porte, en plus de la paix, il y a souvent sa fille.

Il pose les paquets dans le salon, va frapper à la porte de Lucie. Elle dit « Oui », il entre, elle est assise à son bureau en train de dessiner, un casque sur les oreilles. Il pense : « C'est bien ! Elle n'écoute pas la musique trop fort puisqu'elle m'a entendu », et puis : « Qu'est-ce qu'elle est belle. » En fait il ne le pense pas, il le ressent, ça lui noue le ventre. Elle se lève, il ouvre les bras et il la serre contre lui, le plus délicatement possible. Il ne la trouve pas fragile mais il ne veut pas abuser du fait qu'elle lui manifeste encore son affection maintenant qu'elle a seize ans et qu'elle est occupée à devenir un être qui leur échappe à tous les deux.

Suit le rituel :

« Toi, ça va ?

– Ça va.

– Les amis, ça va ?

– Ça va.

– L'école, ça va ?

– Ça va.

– L'amoureux, ça va ?

– Ça va.

– Tu veux manger quoi ce soir ?

– Un truc sain. »

Il se félicite d'avoir rempli le frigo. Quand elle n'est pas là, il se nourrit de pâtes et de plats gras livrés à domicile. Il passe dans la cuisine pour nettoyer la vaisselle de la veille. Il se sent coupable d'avoir laissé du bordel alors que Lucie était là. Elle s'en fout mais il lui semble que la propreté du foyer est un devoir dont il s'acquitte médiocrement. Pour faire bonne mesure il remet aussi de l'ordre dans le salon.

Elle le rejoint.

« Montre tes costumes. »

Elle pose son cahier à dessin et s'installe dans le canapé. Il sort les fringues une à une et elle les valide. C'est devenu un rituel depuis qu'il lui a avoué sa crainte persistante de manquer d'élégance. Lucie n'aime pas les gens trop sûrs d'eux. Quand elle trouve Virgil pédant lors d'un dîner, quand elle estime qu'il utilise la rhétorique pour prendre l'ascendant, elle le lui fait remarquer, au creux de l'oreille. Il pense souvent que s'il n'avait pas été père, de cette fille-là, il n'aurait pas pu se saquer. Il la remercie de temps en temps pour ça (au creux de l'oreille).

Un an auparavant, Virgil avait perdu son père. Un samedi, il était entré à l'hôpital pour une syncope, on lui avait détecté la covid. Virgil ne s'était pas inquiété outre mesure les premiers jours. Mais le taux de saturation avait baissé rapidement. Les médecins avaient commencé à distiller leur pessimisme, avec tact. Virgil s'était retrouvé très seul face à l'agonie du type qu'il aimait le plus au monde. Son père, enchaîné à sa pompe à oxygène, comptait ses respirations mais ne ménageait pas ses efforts pour le rassurer. Au bout d'une semaine, un patron de service fatigué lui avait annoncé que l'issue était proche. Alors il avait appelé sa fille. Lucie adorait son grand-père, Virgil s'était dit qu'à sa place il aurait voulu connaître l'exacte vérité. Il remontait une rue froide ce jour-là. Le portable était lourd dans sa main et il s'était fait mal à l'oreille de l'avoir trop appuyé. Lucie avait posé deux questions factuelles. Sa voix ne tremblait pas, ses silences davantage. À la fin, Virgil s'était dit que malgré son propre désarroi, il devait trouver une façon de la prendre en compte dans tout ça, de ne pas se laisser avoir par la tristesse maîtrisée de sa fille. Il avait conclu l'appel en lui glissant : « Chérie, je sais que tu es forte. Je sais que c'est important pour toi d'être forte. Mais là c'est beaucoup, alors si au milieu de la nuit ça devient trop, tu n'hésites pas et tu m'appelles. » Elle avait promis. Il était passé par le primeur, avait acheté des fruits en sachant qu'il ne les mangerait pas. Une fois rentré chez lui, dans sa cuisine, son téléphone avait vibré et il avait trouvé ce texto : « Papa, je sais que tu es fort. Je sais que c'est important pour toi d'être fort. Mais là c'est la mort de ton père, alors si au milieu de la nuit ça devient trop, tu n'hésites pas et tu m'appelles. »

Seize ans auparavant, sa fille aussi avait été reliée par des tubes à des machines. Virgil avait passé deux mois à l'hôpital au chevet de son enfant minuscule née tellement trop tôt. Chaque jour, il la sortait de sa couveuse pour la glisser contre son torse sous sa chemise ouverte. Leurs cœurs se synchronisaient rapidement et ils partaient pour des heures de sommeil et de rêves.

Sa fille s'était battue pour sa vie et tout ce qu'il avait eu à faire pour l'aider, c'était d'être là. Pour son père aussi, il avait été là. Mais il n'avait pas pu le glisser sous sa chemise.

SAMEDI

5.

VIRGIL ET RAPHAËLLE s'étaient séparés quelques mois après la naissance de Lucie. Ils s'étaient quittés amis et l'étaient toujours restés. Sans doute la preuve la plus sûre de l'immaturité qui avait conduit à ce choix. Raphaëlle lui avait offert un cadeau qu'il n'en finissait pas de déballer : elle l'avait laissé être un père à part entière dès les premiers jours de la sortie de l'hôpital. Grâce à sa confiance, dans le domaine le plus important de son existence, il n'avait jamais eu à douter.

La plus grande surprise que lui avait réservée l'expérience de la paternité était la facilité qu'il avait éprouvée à s'occuper de son enfant. Il fallait sans doute prendre en compte que les réveils nocturnes, les couches et les petites fièvres paraissent anecdotiques après l'hôpital, ses moniteurs menaçants et son cortège d'examens funestes.

Mais il y avait autre chose, Virgil et Lucie s'étaient découvert le même tempérament. Ils n'avaient pas besoin de s'interpréter, il leur était naturel de s'accorder comme leurs cœurs autrefois dans le fauteuil du service de néonatalité. Et ils avaient en commun l'addiction aux rêveries. Une fois par an, ils visitaient une ville étrangère ensemble, partageant de longues promenades silencieuses dans les rues de New York, Londres ou Venise. S'interrompant parfois pour se demander où ils étaient. La réponse n'était jamais : « Brooklyn », « Cheyne Walk » ou « L'Arsenal ». Cela ressemblait plus à (pour Lucie) : « J'apprends à monter les loups géants de *Princesse Mononoké*. Il y a un cerf flippant au milieu du bois qui essaie de me faire comprendre quelque chose. » Et pour Virgil : « Je suis le secrétaire de Bartolomé de las Casas pendant la controverse de Valladolid et on a clairement foiré l'ouverture sur Aristote. »

Quand Lucie avait eu dix ans, et après un long conditionnement héroïque guidé par Miyazaki et Philip Pullman, Virgil l'avait initiée à la boxe thaï. Ils se rendaient ensemble à la salle et le père regardait sa fille s'épanouir sur un ring face à des profs qui débordaient de tendresse devant cette gamine haute comme trois pommes qui poussait des cris de poussin en les martelant de ses petits poings.

Six ans plus tard, il l'observe en train de faire un sparring avec son coach préféré. Elle ne sera jamais championne, la compétition l'indiffère, mais elle l'impressionne. Il admire ses appuis, sa garde, son sourire quand elle place un bon enchaînement. Lui pratique depuis vingt ans. Il s'imaginait maladroit, brutal et dur à la peine, la boxe l'a obligé à se découvrir peu combatif et plutôt agile. Le tabac et l'amour de la table ont bousillé son cardio, il garde un bon coup d'œil et bouge bien pour un poids lourd. Passé la puberté, il avait vite ressemblé à un rugbyman. Un mètre quatre-vingt-dix, cent kilos, athlétique jusqu'à trente ans, lourd et massif après. Jeune, il lui arrivait souvent de se battre, sa carrure lui commandait de finir les bastons que ses amis commençaient. Il n'avait jamais aimé ça. En fait c'est inexact : il n'aimait pas la violence mais il avait toujours éprouvé une vive fierté à se sentir capable de faire face à un danger. Comme il évoluait dans une sphère sociale privilégiée, il se doutait que ce n'était qu'une question d'ego. Une amie romancière lui avait dit ce truc qui était resté gravé dans sa tête : « C'est incroyablement simple de remettre un homme d'aplomb. Quelle que soit la discussion et même si c'est totalement hors propos, il suffit de prononcer : "Tu es fort." C'est le sésame en prise directe avec votre ADN. »

Pour l'instant, il ne se sent pas fort du tout. À

quelques mètres de Lucie, il a enfilé les gants et enchaîne des rounds avec un adversaire de vingt ans et vingt kilos de moins qui le punit sans vergogne. Ce jeune pompier est une machine. Le pire est qu'il est gentleman, demande s'il n'y est pas allé trop fort quand son tibia fait un bruit de tambour sur la cuisse de Virgil ou que son poing frôle son foie. Virgil cherche son espace, il peut gérer la distance s'il ne panique pas, son expérience joue pour lui. Comme souvent, sa stature induit l'autre en erreur. On hésite à lui rentrer trop fort dans le lard. Et lui a appris à jouer son rôle. Il y a un peu de théâtre, même dans le plus honnête des sports. Un round se finit. Il appréhende les trois minutes à venir.

La fatigue ouvre la voie à la peur, la déception de ne pas être à la hauteur confère à la peur un goût amer. Il faut se reprendre, il invoque un sursaut d'orgueil et c'est Quintus Marcellinus qui vient le sauver. Cela ne lui est jamais arrivé auparavant : le réel n'ouvre pas un espace à la rêverie, la rêverie se superpose au réel. Il n'est pas moins présent, il est double. Le chrono repart, le pompier est fringant mais quelque part derrière le mur, Quintus jette ses dernières forces dans la bataille. Les Pictes leur ont tendu une embuscade dans la forêt. Depuis la veille, les légionnaires de Marcellinus se tordent de chiasse. Déshydratés, leurs jambes tremblent et quand ils ont été attaqués sur les deux flancs par les barbares, les boucliers ont vite vacillé. Quintus a retrouvé son souffle et formé un carré, il a même lâché une blague qui a ragaillardi les soldats autour de lui. Dans le ring, le pompier trop sûr de lui a balancé un enchaînement rapide dont Virgil a paré ou esquivé chaque coup. Et la blague de Quintus l'a fait sourire, ce qui a déstabilisé son adversaire. Quintus est prêt à mourir, il y a une place aux champs Élyséens qui l'attend, il mène une contre-attaque et rit alors que son glaive déchire les chairs et que les ennemis reculent. Virgil casse la distance d'un jab et tourne autour du pompier en deux crochets rapides au visage. L'autre qui le croyait à bout de souffle lève les poings pour se protéger et baisse la tête comme Virgil le souhaitait au moment où il envoie un coup de pied haut qui trouve parfaitement l'oreille du type.

La sonnerie du chrono annonce la fin du round. Quintus prend un coup derrière la tête et sombre dans les ténèbres. Mort ou évanoui, Virgil décidera plus tard. Le pompier sonné, blessé dans son orgueil, fait les cent pas pour reprendre son souffle. Virgil prétexte, peu élégamment, une douleur naissante dans le dos pour demander s'ils peuvent reprendre des enchaînements techniques. Il ajoute bien sûr un compliment, signifiant qu'il trouve son adversaire bien plus doué que lui, mais le pompier n'est pas dupe. Ce n'est vraiment pas fair-play d'interrompre une suite de rounds comme ça. De toute façon, Virgil est à bout de souffle, et pas peu fier que sa fille ait assisté précisément aux dernières secondes du combat. Le pompier s'exécute et la fin du cours est une litanie épuisante d'exercices.

Sous la douche, Virgil s'étonne d'avoir été motivé par son avatar. Il n'aime pas beaucoup cette expérience de porosité totale : « Une vie à la fois ou, au moins, l'une après l'autre ! », pense-t-il.

Lucie repart chez sa mère et lui doit passer deux heures au bureau pour donner un bon à tirer de beau livre. Cette petite victoire sur le ring, le soleil froid illuminant un samedi sans stress... la journée est parfaite. Debout dans le tramway, il se sent fort, séduisant et heureux. À la station Diane-Arbus, les portes s'ouvrent, une jeune femme sur le quai redresse la tête, lui offre un sourire renversant, monte, le frôle, s'assied à côté de lui. Accroché à sa barre, il vibre, tourne la tête vers elle, grésille de plaisir en découvrant qu'elle le fixe toujours, de ce regard qui semble dire « chiche ». Il se détourne, s'engueule, cherche le courage, le trouve, pivote, une phrase armée au coin des lèvres.

Elle se lève, désigne de la main le siège libéré et lui propose poliment : « Vous voulez ma place, monsieur ? »

Il devrait exister un verbe pour signifier l'action de rire et pleurer à la fois. Il s'ébroue et file se cacher à l'autre bout du tramway.

6.

FABIO LUI OUVRE LA PORTE. Le samedi soir, il sait qu'il a toujours sa place à table. Leur amitié remonte à la fac, ils ont fait le saut dans l'âge adulte ensemble. Fabio est aujourd'hui un haut fonctionnaire, une figure tutélaire des couloirs de Bercy où il cornaque les ministres. Il est marié à Céline qui dirige la branche européenne d'une multinationale en équipement médical. Le père de Fabio était boucher, celui de Céline, primeur. Leurs mères respectives élevaient à la schlague des cohortes d'enfants turbulents.

Fabio et Céline se sont rencontrés au collège, à Orléans et se sont reconnus dans une cour de récré à cet astérisque dans le sourire : « Regardez-moi bien parce que je ne vais pas traîner longtemps ici. » Trente-cinq ans plus tard, ils sont une publicité pour la République, le mariage, la famille, l'érudition et le capitalisme. Ils ne râlent pas au moment de payer leurs impôts, s'engueulent le soir au sujet d'un passage de la biographie de Frédéric II par Kantorowicz, et financent les études supérieures d'une flopée d'enfants de leurs amis moins fortunés. Le diplôme en poche, ils les lancent dans le monde grâce à leur carnet d'adresses. Il en résulte que leur appartement est constamment envahi par une troupe de jeunes gens vivant de grands rêves. Respect oblige pour le boucher et le primeur, la troupe est bien sûr très bien nourrie.

Autour du bar américain, la horde lui rappelle sa jeunesse. Leur corps collectif est puissant. Virgil se souvient que lui aussi a eu la chance d'appartenir à une bande, il peut encore précisément en convoquer la mémoire. Un été avait scellé cette promesse mieux que tous les autres, celui de ses vingt ans. Les parents d'un ami leur avaient prêté une maison sur le bassin d'Arcachon. Ils y passaient les journées au bord de l'océan et les nuits dans un nightclub aux fauteuils à motif vachette. Il fallait dépenser en bouteilles tout ce qui avait été économisé en petits boulots dans l'année pour montrer qu'on n'avait pas peur du futur.

La boîte de nuit était une découverte pour Virgil, il se sentait intimidé et avait l'impression que s'il arrivait un jour à danser sur la piste sans trop se poser de questions, tout le reste serait facile. Le problème, c'est qu'il n'y parvenait qu'en fermant les yeux. Il ne cherchait pas à se soustraire au regard des inconnus, il se sentait même plutôt bien au milieu de la foule transpirante, mais il devait avoir un boulon mal vissé dans la tête : les yeux ouverts, il perdait le rythme, devenait maladroit. Dès qu'il les fermait, il était à sa place. Il imitait le mouvement d'un autre, le répétait en boucle jusqu'à la fin du morceau. Dans ces soirées, il était trop timide pour draguer mais il pratiquait la chasse au sourire. Quand une jeune femme lui en offrait un, il se forçait à le lui rendre en la regardant droit dans les yeux et il passait l'heure suivante à trouver des subterfuges pour la recroiser. Il imaginait qu'au bout d'un certain nombre d'occurrences, un courant d'air magique les rapprocherait au centre de la piste et que sans un mot, ils se tomberaient dans les bras. La tactique était nulle mais le frisson délicieux.

Fabio et Céline n'avaient pas grand-chose à faire pour briller sur la piste. Ils glissaient, forts de leur pacte amoureux, harmonieux. Il y avait aussi Julien, un ami toxico, poète, DJ et vendeur dans une boutique de téléphonie. Lui faisait le show, pulvérisant les limites du ridicule et de la séduction animale. Julien incarnait l'archétype de la star hollywoodienne égarée dans le quotidien : un regard bleu délavé, des cheveux de paille hirsutes, la maigreur suintant le sexe brut. Un cauchemar pour les mecs qui le prenaient tous en grippe, d'autant qu'il les défiait volontiers en allant draguer leurs copines jusqu'à ce qu'excédés, ils gonflent du poitrail pour lui casser la gueule. Juste avant de prendre le premier coup, Julien se retournait, ouvrait les bras comme le Christ sur la croix et jetait par-dessus son épaule l'invective qui était devenue sa signature : « Gratte-moi le dos ! » Le résultat était spectaculaire, il faut bien l'avouer. Virgil avait appris à redouter la séance puisqu'invariablement, il devait s'interposer à la fin.

Après des litres de vodka et de sueur, ils partaient à la fermeture et prenaient la route pour la boulangerie où se retrouvaient les oiseaux de nuit à l'heure de la première fournée. Autour d'eux, l'odeur de joint était âcre. Ça parlait fort, ça riait gras, se vidait de différentes façons derrière les poubelles.

C'est après l'un de ces ravitaillements en chocolatines qu'ils décidèrent d'aller se baigner avant de rentrer et que Virgil rencontra la petite sirène.

Un « bain de minuit ». Une expression mal adaptée. Il ne restait qu'une heure avant le lever du soleil. La scène aurait dû être idyllique si ce n'est que « bain de minuit » voulait dire « bain nu » et que Virgil aurait préféré le couvert d'une nuit noire plutôt que ce ciel sans nuage illuminé par la lune pleine.

À peine arrivés sur la petite plage déserte face au premier rang des maisons cossues, Fabio, Céline, Julien ainsi que les deux filles trop saoules qu'il avait convaincues de les suivre au dernier slow, n'avaient fait aucune manière pour se jeter à poil dans la mer. Empêtré dans ses complexes, Virgil feignait de tester la température de l'eau avec ses pieds. Il avait fallu que Céline le rejoigne et se propose de rester avec lui pour le vexer au point de jeter son caleçon et de courir vers le large en poussant des cris d'Indien.

Son sexe caché par l'eau, il s'était abandonné à l'euphorie. Être nu constituait une expérience inédite pour lui. Même dans l'intimité de sa chambre, il ne se risquait pas à confronter son corps au reflet d'un miroir. Il s'enivrait de cette sensualité nouvelle et resta à barboter quand ses amis regagnèrent la plage. L'ivresse que lui procurait la mer, combinée à la quantité de vodka qui pulsait dans ses veines, le conduisit même à se lancer dans un kata d'arts martiaux, l'eau jusqu'à la taille, les biceps gonflés et le ventre rentré, persuadé que la nuit l'avait transformé en Bruce Lee. Une partie de son cerveau s'était convaincue que cette mascarade impressionnerait les nouvelles amies de Julien.

C'est là qu'il eut une hallucination. Magnifique. Une jeune femme rousse, nue, callipyge aux seins lourds et à la toison fournie marchait non loin de lui, un collier de fleurs autour du cou, un sourire triste sur le visage, fixant l'horizon qu'elle partait rejoindre.

Une voiture creva alors le silence, dérapa au bout de la ruelle qui débouchait sur le sable, éclairant de ses phares ses amis ahuris. Une femme surgit de l'habitacle comme une démente, courut vers la mer et cria : « Vous avez vu une fille ? Vous avez vu une fille ? » Virgil se retourna vers son hallucination et repéra la couronne qui flottait seule et sinistre. Il nagea aussi vite que possible, plongea à l'aplomb des fleurs et ses mains se refermèrent aussitôt sur le corps qu'il tira à la surface. La femme sur la rive hurlait toujours, les lumières s'allumaient aux fenêtres, des voisins sortaient de leurs maisons en pyjama et lui tenait une fille inanimée contre lui

Troublé par toute cette peau, Virgil resta figé quelques secondes, les yeux courant des tétons dressés au pubis dévoilé. Alors qu'il suffisait de porter l'inconnue jusqu'à la plage, alors que l'inconsciente lui était confiée par le destin, les questions qui le tourmentaient n'avaient rien d'héroïque.

Dès les premiers pas vers la rive, il commença à trouver que la fille pesait lourd. À mesure que la ligne d'eau baissait, il réalisait que ce grand classique de la comédie romantique – porter une fille dans ses bras – se révélait être une épreuve. Il ralentit de peur de se couvrir de ridicule en la laissant tomber. Un de ses amis allait bien finir par venir l'aider. Mais ils ne bougeaient pas de la plage, saisis par le caractère onirique de la scène. Cela ne l'aidait pas pour son second dilemme. Il était nu lui aussi et porter la fille jusqu'à la voiture impliquait d'exposer son intimité à la douzaine d'inconnus à présent attroupés sur le rivage. Or il venait de passer un temps non négligeable dans l'eau et les frissons de froid qui couraient sur son échine lui laissaient deviner l'effet peu flatteur produit sur sa masculinité.

Il n'avait pas reculé mais s'il avait été une meilleure personne, il aurait été beaucoup plus rapide. Et si cela s'était mal fini, la sirène serait morte à cause de sa peur d'exhiber une petite bite. En réalité, personne ne faisait attention à lui bien sûr, et dès qu'il la posa sur le sable, elle ouvrit les yeux, les plongea dans les siens, et se serra de toutes ses forces contre lui. Elle murmura : « C'est toi qui m'as sauvée ? » Il ne le méritait pas mais trouva cela très agréable.

Tout s'enchaîna. Les spectateurs rentrèrent chez eux, la jeune femme de la voiture était la grande sœur de la petite sirène qui s'appelait Valérie. Elle lui passa des affaires et la gronda un peu à l'oreille en la couvrant de baisers. Virgil ne comprenait rien à la situation mais flottait dans un ravissement romantique. Il entrevoyait qu'il allait pouvoir raconter toute sa vie qu'il avait sauvé une fille canon de la noyade.

Fabio proposa d'aller prendre un café avant de se coucher.

« Je peux venir avec vous ? » demanda Valérie la sirène, et clairement quand elle disait « vous », elle voulait dire « Virgil », qu'elle ne lâchait plus. Le café fut rapide et quand ils allèrent se coucher, personne n'eut l'idée de demander à Valérie si elle voulait rentrer chez elle.

Virgil n'en revenait pas. L'anxiété trouva son chemin dans l'alcool et la caféine. Il n'était plus puceau depuis longtemps mais il avait conscience d'être un très mauvais coup. Quand il faisait l'amour, il n'arrivait pas à être là. Tous ses sens vibraient mais dans sa tête, le flot habituel des questions ne se mettait pas en pause. Il fermait les yeux et se débattait en vain pour trouver l'interrupteur magique qui le ramènerait au présent. Depuis la puberté, il avait tant rêvé d'accéder à la terre promise du sexe et maintenant qu'il y était invité, tous les fruits autrefois défendus avaient un goût amer. Il lui semblait que les femmes déployaient des trésors de gentillesse pour ne pas lui faire remarquer sa nullité. Il suivait un manuel composé d'images pornographiques, tentait de se concentrer du début à la fin sur le plaisir de l'autre qui lui paraissait aussi crypté que le sien.

Quand il entra dans la chambre avec Valérie, la tempête se leva dans sa tête : « Je lui propose de s'asseoir ? Ça fait con, non ? Je l'embrasse ? Je pue la sueur, la clope ? Il faut que je me douche. Est-ce que par politesse, je dois lui dire qu'on va juste dormir ? Ça fait con, non ? Et quand on va au lit, je me déshabille avant mais où ? Dans la douche ! De toute façon je dois prendre une douche. À quoi ressemble le caleçon que j'ai sur moi ? Pas grave, je me déshabille dans la douche et je reviens avec une serviette autour des hanches. Oui, ça c'est bien. Et je l'embrasse à ce moment-là. Oui ça c'est bien. Si on fait l'amour ? Il faut que je me brosse les dents aussi. Mais ça fait con, non ? Je vais vraiment faire l'amour, là ? Je lui dis qu'on doit dormir d'abord ? Non, j'ai trop envie. Mais elle ne me connaît pas du tout. Qu'est-ce qu'elle fout ici ? Je bande. »

Heureusement, il ne réussit à prononcer que : « Je dois prendre une douche. » Elle dit : « Moi aussi. » Comme elle ne lui lâchait pas la main, il comprit que ça voulait dire : « Ensemble. » Dans la salle de bain, elle se déshabilla devant lui. Il l'avait déjà vue nue mais dans ce cadre, c'était beaucoup plus impudique. Très à l'aise, elle entra dans la cabine pour régler la température de l'eau. Il la suivit. Elle lui tendit le savon : « Tu me laves ? » Virgil n'avait jamais partagé un moment aussi intime. Il était gêné mais l'assurance de Valérie était envoûtante. Il passa le savon très lentement sur ses épaules, ses seins, elle lui donnait de petits baisers dans le cou pour l'encourager et lui caressait les bras et les hanches. Tout était nouveau, cette jeune femme avait des gestes de désir, il n'était pas le seul responsable des opérations. Il se mit à genoux devant elle pour savonner ses tibias, ses cuisses, passer sa main entre les lèvres de son sexe et entre ses fesses. Ça le troubla de sentir son doigt passer entre les fesses de Valérie et le tremblement que ce geste déclencha. Il se redressa et elle enserra une de ses jambes entre les siennes. Elle se frotta lentement comme ça, debout, ses deux mains plantées dans le dos de Virgil. Sans interrompre le mouvement elle prit le savon et le lava à son tour. Tout était fluide, il n'y avait pas de tension vers une finalité. C'est elle qui décida quand les rincer, c'est elle qui les sécha dans la serviette, en prenant le temps de longs baisers humides et gémissants. C'est elle qui l'emmena sur le lit. Pour la première fois, le sexe n'était pas un plaisir arraché à la pénombre. Il n'eut même pas honte de faire nu les quelques pas jusqu'au matelas. Ils s'allongèrent, elle lui demanda où il rangeait les capotes. À cela, au moins, il était préparé. Elle lui demanda s'il avait besoin d'aide pour la mettre. Il envisagea de tout stopper, juste pour la remercier d'être une fille comme ça, mais comme il s'en sortit bien tout seul, il préféra se taire, pour lui laisser croire qu'il était un mec comme ça. Il était sur le dos, elle grimpa sur lui. Elle posa ses mains sur sa poitrine, s'enfonça sur son sexe et commença à bouger lentement. Il ferma les yeux. Elle s'immobilisa, il sentit sa paume sur sa joue, elle dit : « Non, regarde-moi. » Il ouvrit les yeux et découvrit la beauté intoxicante d'un visage pendant l'amour. Toutes les voix dans sa tête s'étaient tues.

« Et ta rentrée ? Tu en es content ? Qu'est-ce qui court au bureau sur le rachat de Hachette ? Virgil ? »

Virgil se trouve plongé dans la contemplation de son verre de vin. Il y a un grand silence à table. Fabio sourit, Céline pose sa main sur la sienne : « Ça va, grand ? » Il rigole en découvrant que tout le monde l'observe.

Son téléphone vibre. Par politesse, il ne regarde pas tout de suite.

Oui ça va, mais tandis qu'il fait des efforts pour se glisser de nouveau dans la conversation, il identifie une sensation forte de manque. Ou plus exactement il met enfin le nom de « manque » sur cette sensation qui ne le quitte plus.

Le repas se termine, ils font le point sur la fête qu'ils organisent dans une semaine pour leurs cinquante ans respectifs, ça tombe le jour même de l'anniversaire de Virgil alors que des trois, c'est celui qui y attache le moins d'importance.

Plus tard, au moment de dire au revoir à ses amis, il regarde le sms qui vient de Sarah. Une simple question : « Dis, je me demandais : tu vas bien, vraiment ? » Il se dit que ses amis se font trop de souci pour lui. Il est juste un peu plus distrait que d'habitude.

DIMANCHE

7.

IL SE SENT VIDE ET IRRITÉ CE MATIN. Il s'est promis d'ouvrir trois manuscrits mais pour l'instant il a fumé dix cigarettes, bu un pot entier de café et tourne en rond. Ce serait le bon moment pour passer l'aspirateur ou pour changer les draps. Il va plutôt se doucher, essaie de se branler mais les images se dissolvent derrière ses paupières et le désir fond dans sa main. Il renonce, se rase, la radio remplit le petit appartement, une série sur la vie de David Bowie. Il écoute jusqu'à la fin de l'émission, affalé dans le salon. Il décide d'aller faire des courses, le marché ferme à 13 heures.

Dans la rue il lance une rêverie, Quintus est inanimé. Virgil le contemple, il est tenté de reprendre sa vie au commencement : une enfance à Rome ? Des cours avec un esclave grec pythagoricien ? Des fantasmes ancillaires ? Les premiers pas d'un fils de patricien dans la légion ? Il abandonne Quintus gisant sur l'humus d'Écosse et invoque Anton pour un fil de fiction plus rock'n'roll : le musicien travaille à son nouvel album dans une grange transformée en studio. Virgil reconnaît l'endroit, c'est le décor d'une scène dans le biopic de Queen. Anton compose un album concept retraçant les pas d'un tueur en série. Ah non, ça c'est Bowie. Anton n'est pas inspiré et Virgil s'ennuie.

Il s'est installé en terrasse et a commandé un expresso, un jus d'ananas et un pastis. Devant la tasse, les deux verres et la carafe d'eau, il grimace. L'assortiment est parfaitement ridicule.

« Ça va pas le faire », prononce-t-il à voix haute.

Un rire étouffé attire son attention. Il découvre sa voisine, elle cache son sourire derrière sa main, ses yeux étincellent. Comme elle est jolie, cette fille qui se fout de sa gueule.

« Pardon... (son regard va des verres à Virgil qui surjoue la vexation) mais je pense...

– Quoi ? maugrée-t-il.

– ... qu'en effet, ça risque de pas le faire. »

Virgil parvient à maintenir un air grave.

« Alors apprenez, jeune femme, que dans le Sud-Tyrol, le combo café-ananas-pastis est un tonique supposé fortifier le tempérament et améliorer la virtuosité du yodel.

– C'est sûr, ça change tout. Mais vous avez tort, je ne suis pas jeune.

– Ah ?

– Vous n'avez pas l'air convaincu.

– Pas du tout.

– Si je peux me le permettre, je vois deux explications au malentendu et une preuve de votre erreur.

– Je vous écoute.

– La première c'est que vous êtes un mec et qu'on vous a appris à flatter les femmes en leur donnant dix ans de moins que l'âge que vous pensez qu'elles ont.

– C'est pas faux.

– Je vous encourage à continuer, statistiquement, ça marche.

– Enregistré.

– La deuxième, c'est que je suis petite.

– Toute petite.

– Ça rajeunit.

– Effectivement. Je n'y avais jamais pensé.

– Partez du principe que j'ai souvent raison, on va gagner un temps fou.

– D'accord. Et la preuve que vous êtes vieille, c'est quoi ?

– Je sais ce que c'est que le yodel.

– Merde, c'est vrai que vous avez souvent raison.

Il lui tend la main :

– Je m'appelle Virgil.

– Je m'appelle Gaby, j'ai quarante-six ans, deux enfants, et deux ex-maris. »

Virgil est frappé par la beauté de sa pose. Son menton est glissé au creux de son épaule, son bras tendu en un arc de ballerine, et sa main est minuscule dans la sienne. Elle porte un blouson de cuir cintré, une énorme écharpe, un jean et des bottines, et son carré auburn renforce son allure espiègle.

« Vous êtes bien menue pour avoir deux enfants et deux ex-maris. Vous avez porté les quatre à leur terme ?

– Comme une cheffe ! Mes fils sont athlétiques et mes ex-maris très bien élevés. »

Virgil lève le pastis et lui porte un toast : « Je suis impressionné.

– Mon yodel n'est pas terrible. C'est éliminatoire ? »

Il est électrisé. Il enregistre la sensation de ne pas avoir été aussi éveillé depuis longtemps. Il prononce « maintenant », les yeux dans son café.

« Vous parlez beaucoup tout seul ?

– C'est éliminatoire ? »

Elle fait mine de peser le pour et le contre :

« Ça dépend, c'est Tourette ?

– Oui je parle beaucoup tout seul.

– Et vous l'êtes ?

– Tourette ?

– Non. Seul ? »

Leurs regards sont accrochés, leurs sourires se font timides, et ils savent que chacun se demande si ça ressemble à un début.

« Oui.

– Vous diriez que vous l'avez bien cherché ?

– Oui.

– Et vous vous êtes donné une date pour la fin de l'expiation ?

– Pas vraiment.

– J'ai une suggestion mais c'est purement pragmatique.

– Allez-y.

– Avant de plus bander du tout, ce serait malin.

– Aïe !

– Il vous reste quelques années.

– Vous me donnez quel âge ?

– Dix ans de moins.

– C'est parce que je suis grand.

– Très grand.

– Vous savez parler aux hommes.

– Avouez que ce n'est pas bien compliqué. »

Virgil est subjugué par le décalage entre son assurance et les signaux de sa posture. Lui qui n'est jamais sûr de rien est sûr de lui plaire. C'est tout à fait bouleversant. Il ne sait pas quoi en faire. Ça le renverse, cette impression d'être quelque chose dans le regard de cette inconnue. Une idée désagréable lui traverse l'esprit : est-ce que ça se résumerait à ça, le coup de foudre ? À la rencontre d'un regard qui vous fait vous sentir à la hauteur ?

« Vous êtes venu faire des courses ? reprend-elle. Vous faites partie de ces gens admirables qui cuisinent même quand ils sont seuls ?

– Ma fille est chez sa mère, alors je sais que je vais acheter de la viande et des légumes pour me donner bonne conscience mais qu'ensuite je vais tout congeler, sauter le déjeuner et ce soir, si je suis de bonne humeur, je cuisinerai des pâtes à l'huile, à l'ail et au piment, sinon je me ferai livrer un hamburger.

– Comme un dimanche.

– Je déteste les dimanches et les hamburgers.

– Il faut y remédier. Je vous invite à déjeuner. Pas loin d'ici. Un endroit joyeux, tenu par un ami.

– Vous êtes directe.

– Pas du tout. Je ne sais vraiment pas ce qui me prend. Il va falloir m'aider d'ailleurs.

– Si je peux.

– Commencez par finir vos verres et marchons un peu. Je me sentirai moins bête en marchant.

– Vous êtes gênée ? Ça ne se voit pas du tout.

– C'est parce que vous n'êtes pas très perspicace. Bien sûr que je suis horriblement gênée, c'est pour ça que je parle autant. Si je me tais, je pense que je tombe de ma chaise. Vous êtes prêt, on y va ? »

Virgil est ébloui par son charme. Elle lui fait signe de se dépêcher. Une fois levé, sa première pensée est de se féliciter d'avoir choisi ce manteau qui lui fait une belle silhouette. Sa deuxième pensée est moins plaisante.

« Il y a un problème ? Vous hésitez ? Oh non… » Elle se tient devant lui, l'air si sincèrement déçue, c'est irrésistible.

« Alors oui j'hésite, dit Virgil. Il se trouve que ce matin, j'ai enfilé ce tee-shirt que j'ai déjà porté hier. Je l'ai reniflé comme un ado et il m'a semblé tout à fait acceptable mais ça, c'était pour faire le marché. Maintenant j'ai un peu honte et je me demandais si je n'allais pas vous laisser ici une demi-heure, le temps d'aller enfiler la chemise bleue dont ma fille me dit qu'elle me va "trop bien".

– Oh c'est pas la peine. »

Elle se colle contre lui et écrase son nez sous son aisselle, inspire fort. Il ne sait plus où se mettre. Elle recule, sérieuse et tranche : « Tout à fait acceptable. Une très légère odeur de transpiration. Il y a des traces d'*Habit Rouge*. Tous les hommes grands de plus de quarante ans portent *Habit Rouge*, vous avez remarqué ?

C'est bien, on a fait un premier truc intime. J'ai une odeur de vous en tête. Vous devriez me renifler le cou pour qu'on soit à égalité. »

Virgil est transporté, il se penche, pose son nez à la base de sa clavicule. Elle sent si fort le bonheur.

Elle éclate de rire.

« Quoi ?

– Non ça je ne devrais pas vous le dire.

– Mmh…

– Ce matin moi aussi j'ai mis un truc d'hier. Mais c'est ma culotte et… NON !!!

Virgil a commencé à s'agenouiller devant elle au milieu des passants.

« NON, on ne renifle pas la culotte des inconnues dans la rue, NON ! Méchant buveur d'ananas ! »

Virgil se redresse et lui propose son bras, elle s'y pend, la tête contre son épaule. Elle le guide vers le parc.

« On va passer par là, dit-elle en soupirant, ça fait un grand détour. »

Ils se promènent en silence, couple maladroit au milieu des joggers. Virgil se repasse la rencontre dans sa tête et il se dit qu'il y a forcément un truc qui cloche. Elle va reprendre ses esprits, trouver une excuse et le laisser en plan devant les balançoires, au plus tard quand ils tourneront après la mare. Il compte les pas.

« Vous avez fait des *dates* ? Avec les applis ? Je déteste ça, lance-t-elle. C'est bien pour l'ego mais on se raconte trop de choses pour se présenter, des trucs qu'on mettrait des mois, des années à confier à des collègues. Et puis c'est assez triste de continuer à se présenter, passé quarante ans, non ?

– J'ai essayé Tinder. Je ne m'y suis pas beaucoup aimé. Quand je dînais chez des amis, j'allais aux toilettes avec mon téléphone pour voir si quelqu'un avait cliqué sur mon profil.

– Je voudrais qu'on essaie un truc.

– Allez-y.

– On ne se raconte pas trop vite nos vies ? On se force à trouver d'autres sujets de conversation ?

– Ça me va.

– Et vous êtes bien "seul" comme dans "célibataire" ?

– Oui.

– C'est important. Pas pour la morale. Mais ça fait des rêves pauvres, les types maqués.

– J'ai une question quand même : pourquoi moi ?

– Parce que je vous trouve beau. »

Virgil s'en veut mais il vient en une seconde de perdre le tempo. Il se demande si Gaby n'est pas une escort en train de le racoler. Il tente de cacher son trouble. Le silence qui suit est dégueulasse.

« Dites-moi quelque chose de sincère, fait-elle.

– J'ai faim.
– C'est bien. Et je vous plais ?
– Tellement. Ce n'est pas très confortable.
– C'est parce que vous avez peur d'être déçu.
– Non je…
– Moi aussi j'ai peur d'être déçue. Parce que ça ne m'arrive jamais de trouver un type séduisant, de l'inviter à déjeuner et de lui demander de me renifler le cou. Ma grand-mère devait avoir des règles précises à ce sujet. Mais je m'accroche à une idée rassurante…
– Dites.
– On est dimanche. Et nous deux, là, maintenant, on s'en sort pas mal du tout, pour un dimanche. »

Virgil ne sait absolument pas comment lui dire à quel point il la trouve formidable. Alors il l'embrasse. Elle se hisse sur la pointe des bottines, ses mains s'agrippent dans son dos comme s'ils filaient sur une vespa dans une rue de Florence. Elle garde les yeux ouverts, Virgil aussi.

Ils reprennent la promenade en se tenant la main. Au restaurant, Gaby est accueillie comme une star. Le patron a trente ans, il ressemble à un mannequin italien. Elle les présente. Ce connard est effectivement un ancien mannequin italien. Il est dingue de Gaby et il la touche beaucoup : l'épaule, la hanche… Ils ont déjà baisé c'est certain. Virgil convoque toutes ses forces pour ne pas poser la question et bien sûr il la pose et bien sûr, la réponse est oui. Le beau gosse le regarde avec beaucoup de curiosité, Virgil en conclut qu'au moins Gaby ne ramène pas souvent des hommes ici. Quand il arrive à cette conclusion, il se dit que c'est vraiment lui le connard.

Ils sont au bar, Gaby a insisté. Elle a commandé toute la carte et un vin rouge qui s'appelle *Bocca della Verità*. Gaby aime autant que lui le film *Vacances romaines* où Gregory Peck incite Audrey Hepburn à mettre la main dans la gueule de la « bouche de la vérité », une sculpture supposée détecter les mensonges. Virgil est ravi que l'Italien ne connaisse pas la référence et il ne se gêne pas pour le faire remarquer.

« C'est quand même assez flatteur que vous soyez jaloux au bout de deux heures », lui glisse Gaby.

Son orgueil en prend un coup mais le vin est sublime. Elle ne lui laisse pas de répit.

« Faisons un jeu. L'un après l'autre, en discutant, on doit mimer les gestes qui nous viendraient naturellement si cela faisait un an qu'on était ensemble, et encore follement amoureux.

– Montrez-moi. »

Elle réfléchit un peu puis se lève de son tabouret et se tient debout devant lui, verre à la main, une paume posée sur son genou.

« Ça c'est bien. Un degré d'appartenance », aventure-t-elle.

Il approuve.

« C'est difficile de ne rien se dire sur nous quand même. » Il adore cette main sur sa jambe.

Elle pèse le pour et le contre puis lui propose de se donner un aperçu mutuel, « une sorte de bande-annonce, dit-elle, je commence ».

Il apprend qu'elle est avocate, qu'elle vient de vendre ses parts d'un cabinet et se donne six mois pour décider ce qu'elle va faire ensuite. Elle a grandi dans plein de villes tristes, son père était militaire. Il est mort dans un accident de voiture. Sa mère est vivante mais atteinte d'Alzheimer. Son premier mari est au chômage après avoir passé vingt ans dans une agence de développement, ça le déprime un peu. Le deuxième est médecin urgentiste, il est épuisé mais heureux. Elle a un enfant de chaque et les réunit un week-end sur deux pour qu'ils continuent à faire famille ensemble. Les deux hommes s'aiment beaucoup et partent une fois par an faire des randonnées. Ils croient qu'elle ne sait pas qu'ils se retrouvent aussi tous les mercredis pour jouer au poker. Ça l'amuse beaucoup qu'ils s'en cachent. Elle est persuadée qu'ils y attirent des femmes « très jeunes et très jolies ». Ça la flatte qu'ils aient beaucoup de succès.

Virgil ne l'interrompt pas. Elle s'est rassise en parlant, il attrape sa main sur le comptoir, entrelaçant leurs doigts.

« Un degré de tendresse. »

Gaby aime nager, boire, fumer, manger mais ne cuisine pas. Elle a eu une période addict au sexe après son premier mari, elle a rencontré le deuxième dans une boîte échangiste, ils ne l'ont dit ni aux enfants ni au premier mari. Elle lit beaucoup, mais pas de fiction. Sa passion la plus dangereuse est la vitesse, elle n'aurait plus de permis depuis longtemps si elle n'avait pas un ami (un amant il n'en doute pas) commissaire de police.

Virgil ne retire pas sa main mais il note : « C'est beaucoup d'infos pour quelqu'un qui ne voulait rien raconter. »

Elle se marre, enlève sa main, et la pose à la base de son cou : « Un degré de désir. À toi. » Il frissonne.

Il lui raconte que sa vie tourne autour de sa fille, ses amis et son travail et que quelque chose manque. Parfois il pense que c'est une femme, d'autres fois il pense qu'il lui manque une guerre où il pourrait enfin se prouver qu'il n'est pas un lâche. Il lui dit que cet été, il a relu *Kaputt* et *La Peau* de Malaparte et qu'il a eu l'impression d'avoir seize ans et de découvrir la littérature. Il lui confesse qu'il est obsédé par ce passage de la Bible : « Vous avez été pesés, mesurés et jugés insatisfaisants. » Il aime les voyages en train, les bals de village, les films d'Howard Hawks. Il dit qu'il rêverait de ne pas être matérialiste mais que ça le fait chier de pas pouvoir louer un appart où il y aurait une salle à manger, parce qu'il adore cuisiner, principalement pour se sentir utile et aimé. Il dit qu'il se méfie de cette main dans son cou ; c'est un peu trop beau pour être vrai, les filles canon qui te draguent en terrasse. Pour conclure, il tient à mentionner que très récemment, il a développé une antipathie pour les anciens mannequins italiens et les commissaires de police.

Elle l'embrasse, la bouche tapissée de ce vin presque aussi velouté qu'elle.

« Qu'est-ce qui te fait le plus peur ? demande-t-elle quand leurs lèvres se séparent.

– J'ai peur de pas être un bonhomme comme l'a été mon père. Et je suis terrifié qu'un jour ma fille s'en aperçoive. »

8.

ILS SE SONT QUITTÉS APRÈS LE DÉJEUNER. Virgil s'est retrouvé à la terrasse où il l'a rencontrée, sans savoir comment ni pourquoi. Il devrait être fou de joie, elle vient dîner chez lui demain. Mais tout est trop parfait, trop cinématographique. Pourquoi est-il revenu dans ce café ? Un doute le saisit, il demande au serveur s'il reste quelqu'un dans l'équipe qui était là à 11 heures. Personne. En même temps, il se voyait assez mal formuler sa question. Il suffirait qu'il passe un coup de fil à Gaby ou lui envoie un sms mais elle a souhaité qu'ils n'échangent pas un mot jusqu'à leurs retrouvailles. Si elle est une rêverie, c'est la plus intoxicante qu'il ait jamais eue.

Son téléphone vibre, son cœur bondit. C'est Sarah, il est déçu et soulagé à la fois :

« Chéri, tu fais quoi ce soir ?

– Je me repose.

– Non, tu viens au Zoo ! Giancarlo a rapporté une tonne de bouffe de Milan et les animaux ont faim. Il y a Marylène, Big Loulou, Romane et les Afghans. Ne me laisse pas tomber, ils se nourrissent de coke et de prosecco depuis une semaine. Si tu ne viens pas cuisiner, ils menacent de me dévorer. En fait, ce serait vraiment gentil de débouler tout de suite. »

Le « Zoo », c'est l'immense appartement de Sarah aux Buttes-Chaumont. Un barnum digne de la Movida, bariolé, bordélique, et peuplé de tous les éclopés qu'elle adopte au fil des ans. Virgil hèle un taxi. Une soirée chez Sarah, c'est exactement ce dont il a besoin. Il devrait demander l'asile à son amie, Lucie adore déjà l'ambiance et ça lui offrirait un matériau biographique moins bourgeois pour les lettres de motivation d'entrée aux écoles d'art. Le hic c'est la quantité indécente de drogue.

« Ça va pas le faire en fait.

– Pardon ? demande le chauffeur.

– Désolé, je parle tout seul.

– C'est pas grave, j'ai l'habitude, il y a de plus en plus de dingues dans les rues. Je dis pas ça pour vous, hein ? »

« Ben si, un peu quand même » se lamente Virgil, en silence cette fois.

Il trouve le Zoo plongé dans le chaos. Au milieu du

salon, Sarah, en guêpière brodée, mules Mafalda aux pieds et bigoudis chauffants sur la tête, menace d'une casserole Marylène, entièrement nue, belle à fâcher Aphrodite, un fer à lisser brandi comme une rapière. La porte de la grande salle de bains attenante est ouverte, ce doit être l'épicentre de la dispute, le miroir est fendu et le carrelage inondé. Il est impossible de trouver le tableau cocasse malgré la beauté des combattantes : la violence des insultes qu'elles échangent est douloureuse pour tous ceux qui les aiment.

Marylène est une ancienne thésarde de Sarah. Il y a longtemps, elle a été brièvement son amant quand elle s'appelait encore Marin. Les deux femmes ont quinze ans d'écart. Elles vivent en colocataires depuis que les parents de Marylène l'ont foutue à la porte. Sarah a payé de sa poche les opérations qui ont transformé Marin en une petite sœur de Nicole Kidman. Elle a aussi accompagné son éclosion sur la scène universitaire européenne, relisant et corrigeant ses articles, ses essais. Leur relation s'est tendue depuis que l'ancienne étudiante a dépassé la professeure en notoriété et en succès éditorial.

La querelle ne surprend malheureusement pas Virgil, Marylène a une fois de plus tenté, avec tact la connaissant, de ramener Sarah à des sentiments plus généreux envers la communauté LGBTQIA+, et tout ce que Sarah a choisi d'entendre, c'est qu'elle a mérité d'être virée.

Elle vient de balancer à Marylène : « Quand une ultra *passing* m'explique que je devrais être plus inclusive avec une bande de barbus non-binaires, ça me fait chier. Quand chaque serveur au restau qui t'appelle Mademoiselle te fait jouir plus fort que tes amants et que tu me traites de réac, ça me fait chier. Tu es une putain d'hypocrite, tu collabores à la chasse aux sorcières parce que ta place est faite. À la fin, la différence entre toi et moi, c'est que tu ne seras jamais emmerdée parce que t'as une bite. Eh ben tu sais quoi ? Quand j'étais jeune, c'était déjà comme ça. J'ai pas milité trente ans et publié onze livres pour que les bites continuent à régner sous prétexte qu'elles ont changé de pronom !

– Moi ce qui me fait chier, répond lentement Marylène, c'est que tu vieillis mal. Tu es toujours aussi mince mais t'as perdu ta souplesse. Tu es devenue comme les gens que tu n'aimais pas : incapable de te mettre à la place des autres. Tu vois quelqu'un qui souffre et tu le traites de fragile. T'as milité c'est vrai, longtemps, et tu voudrais qu'on te dresse une statue, tu la mérites peut-être mais aujourd'hui on les déboulonne les statues, c'est comme ça qu'on avance. Personne ne t'empêche de publier, t'as une cour d'admirateurs et tu es invitée tout le temps à la télé et à la radio. Tes livres se vendent un peu moins ? Trop dur ! T'as été remplacée à la fac par une plus jeune. Trop dur ! Ça te fait chier ? Je comprends, mais à force de le répéter, tu commences à avoir mauvaise haleine. »

Virgil est prostré. À côté de lui, Big Loulou, un Sénégalais de deux mètres et cent quarante kilos, ancien SDF devenu physio star des clubs chics de Paris et champion de France de ju-jitsu, a les larmes aux yeux en entendant les amies s'écharper.

À la table du salon, le jeune couple de réfugiés afghans que Sarah héberge depuis un an pianote furieusement sur leurs ordinateurs, casques aux oreilles ; ils ont entendu en quelques mois plus d'insanités qu'en toute une vie et, à cause du bol de coke qui ne désemplit pas sur le buffet, ils ont l'impression d'avoir trouvé asile chez Pablo Escobar.

À la fenêtre, imperturbable, il y a Romane, comédienne géniale tournant dans des films aux cachets inversement proportionnels à leurs ambitions artistiques, et escorte adulée par des clients plus généreux. Romane fait profession d'être parfaite. Elle les sauve d'ailleurs. D'abord elle jette sa cigarette dans la rue en soupirant. Virgil pense : « Bette Davis ! » Ensuite elle traverse le salon à pas lents. Il faut dire qu'elle a des jambes si longues qu'on se demande toujours comment l'information peut se transmettre de façon aussi fluide entre ses hanches et ses pieds. « Cyd Charisse ! » Elle se tient au milieu des pugilistes, c'est-à-dire devant le fauteuil où est assis le pauvre Giancarlo, le nouvel amant de Sarah.

Romane se tourne vers cette dernière : « Toi, je te l'ai déjà dit, tu as la coke mauvaise. En revanche, elle a tort, tu vieillis super bien. » Puis à Marylène : « Je sais que tu le fais pas exprès mais ça fait un moment que ton pénis joue au pendule devant le nez de notre invité. » Marylène, incrédule, baisse les yeux et découvre qu'en effet, elle n'a pas fait très attention à l'Italien dans son fauteuil en montant à l'assaut de Sarah.

« Je suis désolée, Giancarlo, pardon.

– *I piacere è tutto mio.* »

C'est poli et gentil et personne ne devrait se moquer, sauf que Giancarlo est le sosie de Berlusconi et que ça fait beaucoup. Alors, enfin, tout le monde explose de rire (hormis les Afghans), et Sarah et Marylène se tombent dans les bras (en contournant précautionneusement Giancarlo).

Romane traverse le reste du salon pour venir enlacer Virgil. Comme à chaque fois, ça le trouble. Elle prend un temps infini pour placer un baiser appuyé à la commissure de ses lèvres.

« Monsieur l'éditeur.

– Bonjour Romane.
– Quoi de neuf ?
– Une rencontre peut-être.
– Oh c'est bien. Ça remonte à quand ?
– Ce matin.
– Un dimanche ? Tu dragues à l'église ?
– Au marché. Et c'est elle qui a commencé.
– Elle est comment ?
– Toute petite et féroce. »

Marylène qui a enfilé un peignoir les rejoint.

« Salut Virgil, pardon pour la scène.
– Il a rencontré quelqu'un, annonce Romane. Ce matin.
– À la messe ou à un brunch ? »

Sarah les interrompt :

« Salut Virgil, pardon pour Marylène.
– Garce !
– Il a rencontré quelqu'un, récapitule Romane. Toute petite, et féroce, je pense que c'est un chat sauvage, pas une fille.
– Formidable mais pourquoi tu ne m'en as pas parlé vendredi ?
– Il l'a rencontrée ce matin, précise Romane.
– Il vous fait marcher, fait Sarah à ses deux amies.
– Mais pas du tout… objecte Virgil.
– Personne ne drague le dimanche matin, continue

Sarah. Tu l'as rêvée celle-là chéri. Allez, va te mettre aux fourneaux. »

Dans la cuisine, l'Italien déballe des provisions merveilleuses.

« *Principessa*, j'ai des truffes, susurre-t-il à Marylène.

– Oh Giancarlo, le reprend Sarah, elle ne les mérite pas voyons. »

Virgil croit entrevoir une expression fugace de peine et de lassitude sur le visage de Marylène, mais un sourire la remplace bientôt quand l'Italien lui fait un baisemain en signe de paix et ajoute :

« Moi j'y étais à l'église ce matin.

– Mais qu'est-ce que vous y faisiez, mon adoré ? demande Sarah.

– *Come*... qu'est-ce que j'y faisais ? Je priais pour vous ! Vous en avez tous un peu besoin, quand même. »

Virgil se met au travail, assisté de Romane. Elle veut tout savoir de Gaby. Il tente au mieux d'en restituer les détails. Quand il en arrive au baiser dans le parc, il n'en revient pas lui-même et Romane confirme que leur histoire ressemble à un scénario de comédie romantique.

« Mais continue, j'aime bien la façon dont tu la racontes. »

Elle le gratifie de ce sourire exclusif qui donne l'impression de passer le cordon d'un salon VIP. Depuis qu'il l'a rencontrée, le premier soir où elle a posé ses valises au Zoo, Virgil se demande s'il y a quelque chose entre eux ou s'il voudrait lire une attirance là où il n'y a qu'une camaraderie généreuse. C'est le problème des filles comme Romane. On voudrait qu'elles vous désirent parce que ce serait tellement flatteur. Et ça pose la question de qui les désirera pour de meilleures raisons. Depuis le début, ils cultivent cette ambiguïté tactile et chaleureuse. Virgil n'a jamais rien tenté, leur amitié lui a paru trop précieuse (c'est ce qu'il se dit quand il craint de prendre un râteau avec une femme qu'il croisera régulièrement par la suite).

Romane s'est lancée dans l'escorting il y a trois ans et globalement ça se passe bien. Une fois, elle est tombée sur un sale type, qui est allé jusqu'à la frapper. Elle est rentrée tremblante, a noyé sa frousse dans l'alcool et pris la décision de ne plus jamais accepter les rendez-vous à domicile – le type avait fermé sa porte à clé et elle avait eu du mal à lui échapper. Virgil sait quelque chose que Romane ignore sur cette soirée. Quand elle s'était écroulée de fatigue, Big Loulou avait trouvé l'adresse du mec dans son portable et lui avait rendu visite. C'est Sarah qui conduisait. Le reste est un secret bien enfoui. Virgil espère que le type ne l'est pas. Il parierait que le colosse sait se contrôler. Mais ça lui fait un peu peur de savoir qu'il y avait Sarah.

Aujourd'hui, Romane ne travaille qu'avec des réguliers, elle parle de ses clients comme une thérapeute de ses patients. Ils sont tous vulnérables, doux, attachants. Elle a une assez bonne image des hommes, mais c'est une image triste. Virgil se demande d'ailleurs si elle *a* une bonne image des hommes ou si c'est devenu important pour elle de *donner* une bonne image des hommes. La prostitution de luxe est un sésame, un pied de nez au capitalisme, une promesse de liberté et dans son cas, d'indépendance artistique. Quand ils en discutent ensemble, ils appellent ça le syndrome de Midas. Au début, Romane ne prenait que deux clients par semaine. Les quatre mille euros mensuels lui permettaient de vivre son rêve de comédienne. Rapidement, elle en a rajouté un ou deux, pour un palace au soleil en hiver, pour une paire d'escarpins Jimmy Choo. Romane n'a pas d'enfants et n'en veut pas mais elle lui a raconté que pour certaines « collègues » qui sont mères, c'est encore plus démoniaque : comment résister au frisson d'offrir à ses mômes la meilleure part du monde ?

Virgil a souvent eu le fantasme d'être le client de Romane, en se le reprochant à chaque fois, comme une trahison amicale. Il s'est d'ailleurs interdit de se branler en pensant à elle. Il jurerait que non seulement elle le sait mais que les efforts qu'il produit pour ne pas lui faire sentir l'amusent énormément. Il n'échappe pas à Virgil qu'il y a quelque chose d'assez médiocre à s'imaginer son client quand s'envisager son amant l'intimide. Dans tout ça, le plus important c'est que dès qu'ils passent du temps ensemble, ils sont bien. Virgil ne doute pas que Romane l'aime bien, comme Marylène l'aime bien, comme Sarah l'aime bien. En fait il a la chance d'être bien aimé par des femmes qu'il admire. S'il savait s'en contenter, il serait sans aucun doute un homme bien.

Hamid et Sakina demandent s'ils peuvent aider à quelque chose. Ils sont si jeunes… Virgil est émerveillé qu'ils aient pu conserver tant d'innocence après ce qu'ils ont vécu. Ils viennent de familles kaboulies modestes mais éduquées. Le retour des Talibans a eu des conséquences sinistres dans leur entourage immédiat. Contrairement à beaucoup d'autres, ils n'ont aucun oncle, tante, cousin installé en Europe pour les accueillir. Après avoir traversé la passe de Khaïber à pied pour rejoindre Peshawar, ils ont eu la chance d'être recrutés par une ONG dans leur camp de réfugiés. Lui est un informaticien autodidacte, elle rêve de finir une formation d'infirmière. Sarah se démène pour les aider. Non seulement elle les loge et les nourrit mais elle agite ses réseaux pour faciliter leurs démarches administratives. Ils n'ont pas encore fait beaucoup de progrès en français mais Hamid est déjà dans une école de code. Pour Sakina, c'est plus long à cause des diplômes. Elle doit passer par une formation généraliste à la fac qui est difficile avec son niveau de langue. Ils sont très reconnaissants à Sarah de ses efforts mais ce n'est pas un environnement simple pour eux. Les fêtes et les engueulades, l'impudeur, la drogue... le Zoo passerait pour une maison de fous aux yeux de n'importe qui.

Le dîner est enfin prêt. Virgil a préparé un festin, il y a huit plats sur la table. Tout le monde le remercie bruyamment, il est heureux. Si Gaby était là, il lui dirait: « Pas mal pour un dimanche soir.

– Me présenter tes amis le premier jour, c'est audacieux. Mais je les adore. En revanche, elle est malheureuse ton amie Sarah, tu devrais la forcer à te parler. Dis ? Demain, tu n'attendras pas trop avant de m'embrasser, c'est promis ?

– Bien sûr.

– Parce que je suis un peu fragile depuis le déjeuner.

– Tu as peur d'être allée trop vite ?

– Tu es vraiment un âne, Virgil. »

Marylène lui secoue l'épaule:

« Tu rêvasses ? »

Elle le remercie pour un service qu'il lui a rendu auprès d'un journaliste et la relecture de son nouveau contrat. Virgil essaie de ne pas être grossier mais il ne veut pas en rester là avec Gaby, il se tourne vers elle :

« Tu peux annuler si tu ne le sens pas.

– Un âne bâté ! Il n'en est pas question », lui assène-t-elle un peu fâchée.

Giancarlo porte des toasts et fait rire tout le monde. Sarah le regarde avec tendresse mais il est évident qu'elle ne l'aime pas. L'Italien le sait, ça ne le dérange pas du tout, il est heureux d'être là, il profite, avec beaucoup plus de talent que Virgil qui se demande s'il n'aurait pas dû prendre le risque de tenter l'aventure avec Sarah, ou Marylène ou Romane. Il aurait sans doute été capable de les rendre heureuses. La dernière fois qu'il a aimé, c'était il y a seize ans, il se souvient parfaitement de la sensation, Gaby la lui a rappelée.

« C'est mieux, lui glisse-t-elle à l'oreille, j'ai hâte. »

LUNDI

9.

VIRGIL N'A PAS TROP BU LA VEILLE, le réveil est facile. Il prend le temps de ranger l'appartement pour ne pas avoir de boulot en rentrant. On est lundi, ça va compliquer les choses pour les courses du dîner et il faudra changer les draps. Si elle existe. Si elle vient. Il se fait violence pour couper net ce fil de pensée. Bien sûr qu'elle va venir. Il n'est pas encore bon à interner, il ne l'a pas inventée.

Il est heureux d'aller travailler. Le groupe d'édition auquel sa maison appartient désormais possède un grand immeuble dans le 19e. Il traverse le parc Martin-Luther-King pour prendre le tramway qui le conduit à la station Rosa-Parks, son trajet quotidien a des allures de marche pour les droits civiques. Il s'est souvent rêvé étudiant, poing levé, sur le pont de Selma, ou justicier noir qui aurait sauvé Emmett Till du lynchage. L'appropriation culturelle est autorisée dans ses provinces imaginaires.

Mais aujourd'hui, en prenant le tram, il se retrouve à Florence, en 1499. Il se rend au chevet de son maître Marsile Ficin dont les jours sont comptés. Il est chargé d'une grande nouvelle qu'il sera peut-être le premier à annoncer au vieil homme. Il court sur les dalles glissantes, conscient de l'orgueil qui le propulse. Giancarlo (Virgil s'amuse à s'imaginer dans le corps de l'ami italien de Sarah) aura été témoin d'un des plus beaux chapitres de l'histoire de l'humanité. Lui, quatrième fils d'un apothicaire de Bologne, aura croisé la route de Ficin, Mirandole, Côme de Médicis... Les traductions de Platon par son maître seront encore étudiées par les hellénistes du monde entier dans un millénaire. Il sait que son nom ne sera pas retenu dans ce glorieux récit, sauf si... de façon anecdotique, comme une ridule de l'Histoire... peut-être... s'il est le premier à apprendre à Marsile que :

« Maître, maître, ça y est, ils ont pendu Savonarole, sur la place de la Seigneurie. »

Ficin est faible et son regard givré. Il ne réagit pas.

« Maître, sur la place même de ses bûchers, ne vous réjouissez-vous pas ?

– Ils l'ont tué parce qu'il a donné les clés de la ville à un roi français. C'est une affaire de murailles, pas de foi et encore moins de philosophie.

– Mais vous le détestiez !

– On peut admirer un principe et haïr ses effets.

– Mais les bûchers, tous ces livres brûlés…

– Si seulement tu l'avais entendu prêcher à San Marco. Tu comprendrais que c'est plus compliqué, Giancarlo. C'est toujours plus compliqué. Il a été une voix de Dieu.

– Maître, c'est un grand blasphème. Ne dites pas ces mots-là.

– Un pape m'a déjà fait accuser de sorcellerie, que me faudrait-il donc craindre tandis que je meurs dans mon lit le travail accompli ?

– Maître, vous me peinez. Ce Savonarole était un tyran, le plus mauvais des hommes.

– *Vous l'aimiez tous autrefois, et ce ne fut pas sans cause. Quelle cause vous empêche donc de pleurer sur lui ?* »

Virgil se marre tout seul sur son fauteuil de tramway. La grand-mère à côté de lui ne s'en offusque pas. Il n'est pas rare qu'il plagie Shakespeare mais ramener les silhouettes d'Antoine, Brutus et César dans sa rêverie florentine est un fiasco anachronique. La réplique sur les principes et les effets sonnait trop bien, il l'a sans doute piquée aussi, mais à qui ? Comme c'est dur de rêver original.

Il pense souvent à Savonarole depuis que le débat sur le wokisme fait rage. Le dominicain est devenu célèbre au XVe siècle pour avoir bataillé contre les marchands d'indulgence, il a pris le pouvoir à la faveur d'une puissance étrangère, instauré une théocratie, baissé les impôts pour les pauvres, aboli la torture, puis il a dressé de grands bûchers pour engloutir l'art et la littérature non religieuse et établi la peine de mort pour sodomie. Un étendard parfait pour cette époque de dingues.

Les bureaux sont modernes et spacieux, avec quatre machines à café en capsules dans le hall aussi dispendieuses que les machines à sous de Vegas, un coin petit déjeuner qui vend des viennoiseries décongelées meilleures que celles du boulanger en bas de chez lui, un type sympa dont le boulot est de vous asperger les mains le matin avec du gel hydroalcoolique, des portillons capricieux, quatre ascenseurs, sept étages – il paraît que certains ont des douches –, neuf cent personnes polies et souriantes qui se mêlent sans trop s'entrechoquer, une cantine et, partout, des « tisaneries » – ça il ne s'y est pas fait. Le terme lui rappelle le film *Soleil vert* où les vieux vont se faire euthanasier dans des « foyers ». Une « tisanerie » pour nommer la petite pièce de la machine à café, comme si le café lui-même était toléré mais tacitement sulfureux.

Ce matin il bosse avec Franck, un jeune primo-romancier. Il veut le convaincre qu'un personnage de sa première partie n'est qu'un écho du protagoniste et qu'il gagnerait à le supprimer complètement. Le livre raconte habilement une éducation sentimentale gay dans les années 80. Il leur reste à « tendre les articulations » – un élément de langage diplomate pour dire qu'il faut couper cent pages. Franck arrive à l'heure et ils se mettent au travail. Le jeune homme est brillant, c'est agréable, stimulant. Virgil ne dérape jamais dans une rêverie quand il écoute un auteur.

Après les coupes, ils travaillent sur les dialogues. Franck est doué pour ça, il n'en abuse pas et ils sonnent bien. Un peu trop. Virgil aborde le sujet mais sent que ça coince. Il n'empêche que cela lui pèse, cet engouement pour la *punchline*. L'époque aime rire, tant mieux, mais quand il faut quatre humoristes pour lubrifier une heure d'infos à la radio, le rire commence à sonner comme une coupure publicitaire. Le *stand-up* a aussi contaminé la drague. Tout le monde est devenu trop doué, trop drôle, il y a tellement d'esprit dans le flirt par sms qu'on se demande parfois s'il reste un peu de place pour le désir. Le pire est peut-être la sophistication des allusions érotiques, fleuret moucheté qui pue l'ego plus que le sexe. Ça le ramène à sa rencontre avec Gaby. Il la rejoue, ligne à ligne, et en conclut que c'est trop écrit. Ils vont se planter, c'est sûr. Au moment précis où ils se tairont enfin, ils vont se rendre compte qu'ils ont beaucoup plus de talent que d'émotions.

Franck se racle la gorge, amusé.

« C'est si chiant que ça, ce chapitre ? »

Virgil s'en veut, s'excuse, le rassure, reprend.

L'heure tourne. Le déjeuner passe. Une réunion, deux. Déjà ? Il se surprend lui-même mais il est euphorique. Dans le tramway du retour, il ne pense qu'à l'odeur au creux du cou de Gaby.

Quand il glisse la clé dans la porte, une angoisse familière s'invite. Une part de lui espère que Gaby va annuler leur rendez-vous. Il reconnaît cette peur, elle n'est pas incapacitante. Elle est en partie due à la crainte d'être déçu. Gaby a mis le doigt dessus hier quand ils marchaient dans le parc. À leur âge, on se connaît trop bien, au premier hiatus on devine l'écueil à venir, le marqueur d'incompatibilité. Au lieu de prendre des paris, on établit des diagnostics. À la crainte d'être déçu s'ajoute pour Virgil celle d'être décevant. Ils vont certainement faire l'amour ce soir, et cette intimité qui lui est si naturelle quand elle ne recouvre aucun autre enjeu le renvoie à la piste de danse et à l'adolescence dès qu'il ressent quelque chose. S'il fait taire les voix dans sa tête ce sera magique, si les questions l'envahissent, il sera médiocre. À ce moment précis de sa vie, il ne peut pas supporter l'idée d'être médiocre. Il veut trouver le rythme, la dévorer, l'emmener loin. Il sait que cela tient à presque rien, parce qu'il en attend trop, parce qu'elle en attend trop. Et s'il est un endroit où les hommes et les femmes sont à égalité parfaite, c'est bien dans leur capacité à plier sous le poids de leurs plus belles espérances.

10.

L'INTERPHONE. Elle est venue. Il lui ouvre. Il attend. L'ascenseur ne se met pas en marche, elle prend l'escalier. Ses talons résonnent. Il est joyeux. Elle paraît sur le palier, sourit et hausse les épaules : « Tu te souviens de moi, beau gosse ? »

Il lui tend la main, la tire vers l'intérieur, ferme la porte derrière elle. Elle se blottit, la tête contre son torse. Ils restent comme ça longtemps, le seul mouvement est la pointe de la chaussure de Gaby qui trace une ellipse au sol. Il respire ses cheveux, pose une main sur sa joue. Il glisse l'autre sur sa nuque, passe les doigts dans ses cheveux et serre. Elle relève le menton, les yeux grand ouverts. Il approche ses lèvres et effleure les siennes mais ne l'embrasse pas. Elle pose une main sur son cœur : « Mais ça bat trop vite, là-dedans, s'amuse-t-elle, c'est pour moi ? »

Virgil se sent flashé en excès de vitesse, il guide Gaby dans le salon, la débarrasse de son manteau : « Attends-moi, j'arrive. »

Il se replie dans la cuisine et prend son temps pour déboucher le vin, l'image du mollet de Gaby, de sa cheville, la boucle de l'escarpin... Le vertige est puissant mais ce n'est pas un tourbillon, plutôt une charge d'énergie. Il attrape les verres dans le placard au ralenti, il a l'impression qu'au moindre geste brusque, il va briser le réel.

Quand il revient dans son salon, Gaby est en train de regarder les illustrations de *Songe d'une nuit d'été* encadrées sur son mur.

« Ma mère m'avait offert un *Peter Pan* illustré par Rackham, dit-elle. J'ai essayé de lui en faire la lecture la semaine dernière mais son Alzheimer l'empêche de se concentrer trop longtemps.

– Je suis désolé.

– Moi aussi. Mon père est mort et je l'ai pleuré. Ma mère se dissout et je l'évite. »

Virgil la contemple de dos. Sous l'étoffe de sa robe émeraude, il voit les creux se dessiner dans le plein de ses fesses, les muscles de ses bras se tendent comme si elle se retenait à une poutre au-dessus du vide. Elle tourne la tête et lui offre un sourire où il croit lire à la fois de la mélancolie et un désir brutal.

Elle prend un livre dans la bibliothèque, *Le Bal mécanique*.

« J'ai adoré ce roman. C'est toi qui l'as édité ?

– Oui.

– L'auteure est comment ?

– Brillante, émouvante.

– Je crois me souvenir qu'il y avait beaucoup de longueurs en fait.

– C'est quand même assez flatteur que tu sois jalouse au bout de deux jours.

– Touchée. »

Elle repose le livre, elle vibre et se contient. Virgil s'assied sur le sofa, fait signe à Gaby de venir se tenir debout face à lui, devant la table basse. Il passe ses mains sur ses mollets, à l'intérieur de ses cuisses. Il frissonne quand elle écarte les jambes de quelques centimètres. Elle semble immense à présent. Il remonte et pose le dos de ses phalanges sur sa culotte, sans appuyer, pour sentir la chaleur. Elle respire fort. Il baisse doucement le tissu jusqu'à ses chevilles, elle lève un pied puis l'autre. Il la fait s'asseoir devant lui, les fesses sur la table basse, et ajuste sa position pour que son bassin soit le plus avancé possible, écarte ses genoux, place le dos de son poing sur son sexe, elle frémit. Lentement il bouge d'avant en arrière, puis retourne sa main et effleure sa chatte de la pointe de ses doigts. Il s'enivre à sentir ses lèvres qui s'ouvrent, se gonflent. Il la caresse de façon plus précise, elle devient lourde dans sa main. Il se penche et goûte sa bouche. Les sensations se confondent. Elle attrape ses épaules et répond plus fort à son baiser en gémissant. Il glisse un doigt à l'intérieur de son vagin. Elle dit : « Plus », il va un peu plus vite, elle dit : « Plus de doigts ! » Il s'exécute, elle saisit son poignet et prend le contrôle du mouvement. Ça monte tellement vite.

Virgil stoppe, se recule, plante ses yeux dans ceux de Gaby. Il y lit un étonnement, une frustration et un défi. Elle est très objectivement, en cet instant, la plus belle femme du monde. Il la fait s'asseoir à côté de lui dans le canapé, lui tend un verre. Entre eux, il y a la culotte abandonnée, ils la laissent là et Virgil sait déjà qu'il y pensera souvent.

« Je suis contente, dit-elle, ma robe te plaît. »

Il en remonte l'étoffe pour découvrir ses jambes et la fait pivoter vers lui sur le sofa.

« J'ai mis du temps pour la choisir, reprend-elle. C'est la chemise bleue qu'aime ta fille ? Elle a raison, elle te va bien. »

Il défait la boucle d'un de ses escarpins pour pouvoir caresser son pied et pousse son genou sur le côté pour voir son sexe.

« Tu as fait quoi dimanche en rentrant chez toi ? lui demande-t-il.

– J'ai trouvé *Vacances romaines* sur une chaîne ciné, et… ah j'aime bien que tu me regardes… après le film, j'ai appelé des amies. Je ne leur ai pas parlé de toi.

– Enlève la robe. »

Elle s'exécute puis reprend la position, nue, une seule chaussure au pied, le verre de vin rouge à la main.

« Et toi ?

– Je suis allé cuisiner pour des amies. C'était suffisamment animé pour t'oublier un peu.

– Et tu ne leur as pas parlé de moi.

– Si mais elles ne m'ont pas cru. Romane pense que tu es un chat sauvage et que j'ai inventé le reste.

– Romane… qui est une amie, pour qui tu cuisines souvent le dimanche soir ?

C'est envoûtant d'être là à discuter et à la dévorer des yeux, à faire durer l'indécence.

– Oh il y avait aussi Sarah et Marylène.

– *Trois* amies pour qui tu cuisines le dimanche soir. *Trois* amies aussi belles que spirituelles, j'imagine…

– Oh oui, et douces aussi. Raffinées, surtout !

– Naviguez prudemment, capitaine, je suis à deux doigts de me rhabiller. »

Il attrape ses hanches, tire ses fesses jusqu'à lui, la fait basculer sur le dos en lui levant les genoux, il approche son visage, passe lentement sa langue sur une lèvre de son sexe, puis l'autre. Elle hoquète, renverse du vin sur son ventre. Il continue de tourner autour de son vagin, fou de désir. Il plonge sa bouche entière dans elle, elle gémit. Il prend tout son clitoris, l'aspire. Elle coule sur son menton. Elle est sans doute sur le point de jouir, il s'arrête, ramasse la robe sur le sol et lui tend :

« Si tu veux couvrir ce qui te reste de vertu, je vais chercher le dîner. »

Elle se marre : « Tu sais que tu vas me le payer ?

– Tu dis ça parce que tu n'as pas encore goûté à mes fleurs de courgette à la romaine. Ton bellâtre italien et ton commissaire ne seront bientôt plus qu'un mauvais souvenir.

– Il faut beaucoup d'assurance pour balancer le mot "courgette" à ce stade précis du débat.

– J'ai failli ouvrir sur *arancini* mais je me suis dit que c'était trop facile », beugle Virgil depuis la cuisine.

Gaby ajuste sa robe et grommelle : « Et en plus il sait faire les *arancini*… Reprends tes esprits, pauvre fille.

– Tu dis quoi ? crie Virgil.

– Je dis que tu vas prendre cher, petit bonhomme prétentieux ! »

Il revient avec un plateau chargé de victuailles. Gaby se jette dessus.

« J'ai tellement faim. »

Elle étincelle. C'est joli quand elle a la bouche pleine.

« Tu sais ? dit-elle, je n'en menais pas large dans l'escalier. Et je suis bien, là.

– Je voudrais que tu dormes avec moi.

– Bien sûr que je vais dormir avec toi, mais je te préviens, j'arrête pas de bouger la nuit.

– Je te tiendrai fort. »

Elle boit beaucoup, elle rit beaucoup, elle mange beaucoup, elle parle de ses enfants, de son ancien boulot, de ses projets futurs, et elle ne laisse pas passer une minute sans le toucher. Virgil est envahi par une timidité grisante. Peu importe ce qu'ils ont déjà fait, il ressent l'impatience électrique qui précède les premiers baisers. Dès qu'elle approche son visage pour appuyer un argument, il a envie de la saisir. Il l'écoute, passionné, et en même temps il repense à ses doigts enfoncés dans sa chatte, il imagine la prendre fort par-derrière. Son trouble n'échappe pas à Gaby, il nourrit son envie qui perce par souffles suspendus au milieu de ses phrases. Chaque fois qu'elle court après ce battement de cœur manqué, c'est un peu comme s'ils faisaient l'amour, et c'est du sexe parfait. Ils finissent le repas, leurs mains se cherchent plus âprement, le désir les remplit de trous d'air.

« Lève-toi. »

Elle écrase sa cigarette et obéit.
« Tu es très directif, capitaine. »
Virgil se fissure : « Pardon, je…
– Surtout continue. »
Virgil défait sa ceinture, baisse un peu son pantalon, sort son sexe, lui dit d'accrocher ses mains derrière son cou, il agrippe ses fesses sous sa robe, la soulève, et il s'enfonce en elle. Il la prend debout comme ça, lentement, elle pèse une plume et il se sent un géant.
Il marche avec elle jusqu'au lit sur lequel il la jette. Il se déshabille et s'allonge sur elle mais elle le fait rouler sur le dos et se plante sur lui. Il lui attrape les genoux, déplie ses jambes pour que ses pieds encadrent son visage, il lui dit de poser ses mains derrière, sur ses genoux à lui, il saisit ses chevilles et lève. Il lui imprime un mouvement de tangage qu'elle accentue du bassin en pressant fort, le plaisir est énorme et la vision terriblement excitante, il sent tout l'intérieur d'elle dans le moindre détail infernalement chaud et trempé, ça monte en grondant, elle hurle en jouissant et, libérant la bite de Virgil d'un mouvement de hanche, Gaby éjacule jusque sur son visage. Elle se presse aussitôt contre lui, glisse de nouveau son sexe en elle et elle lèche ses joues trempées avant de l'embrasser au rythme de ses spasmes qui n'en finissent pas. Virgil

jouit en saccades, embrasse son cou, ses pommettes, ses yeux, il voudrait la manger tout entière pour de vrai.

Elle reste allongée sur lui. Elle ne prend pas beaucoup de place sur son corps mais il se doute qu'elle est en train d'en prendre un peu plus dans sa vie.

« Je pense à une chose un peu triste », chuchote-t-elle.

Cela ne l'effraie pas, elle le recouvre si bien. Elle continue : « Il doit y avoir tellement d'amants qui se sont trouvés comme nous et perdus rapidement ; tu crois que quand ça se passe aussi bien la première fois ça veut dire qu'on a rencontré quelqu'un de compatible, ou juste qu'on s'est senti libre de se faire l'amour à soi-même ? »

Il se tait. Elle lève le menton. Il ne bouge pas. Elle secoue son épaule. Il rit. Elle est surprise et vaguement vexée :

« Mais quoi ?

– Ne m'en veux pas mais… »

Il hésite, elle secoue plus fort son épaule.

« Ne sois pas fâchée, je t'en supplie c'est juste que…

– Virgil !

– C'est juste que pour la première fois, grâce à toi, je me sens à la hauteur.

– Mais pourquoi ?

– Parce que tu es aussi larguée que moi et ça fait un bien fou.

– T'es méchant, je dors pas avec toi !

– Oh si. Je te laisse plus partir maintenant. »

Elle le serre fort.

10 bis.

L'INTERPHONE. Elle est venue. Il lui ouvre. Il attend. L'ascenseur se met en marche. C'est une cabine vétuste, il veut se montrer galant et l'aider avec la grille coulissante en tenant la porte quand elle arrive à son palier mais cela gâche un peu tout, la grille coulisse mal, elle doit se faufiler contre lui pour sortir, et il tend la tête pour l'embrasser. L'inconfort de la position pousse à la maladresse et ses lèvres ricochent sur sa pommette. Ils en rient mais chacun regrette déjà ce baiser de retrouvailles qu'ils espéraient plus flamboyant. Ce n'est pas grave, il y en aura d'autres, il faut juste se resynchroniser.

« Tiens, j'ai apporté du *bocca della verità*, dit Gaby une fois entrée.

– Oh merci. Tu me donnes ton manteau ? »

Virgil a du mal à tenir la bouteille et à l'aider en

même temps et il ressent une légère contrariété à l'idée qu'elle soit passée chez son ami italien avant de venir. Il la guide dans le petit salon, elle est magnifique dans cette robe émeraude.

« Installe-toi, je reviens tout de suite. »

Dans la cuisine, il prend son temps pour déboucher la bouteille. Le corps de Gaby, ses courbes dans cette robe, le galbe de ses mollets, la boucle de l'escarpin sur la malléole… Il se demande comment elle réagirait s'il essayait de lui faire l'amour avant le dîner. Le repas est quasiment prêt, il fera frire les *arancini* au dernier moment. Il ne doit pas oublier de mettre un tablier pour éviter de ruiner sa chemise bleue. Il se dit qu'en la retrouvant dans le salon, il va au moins l'embrasser comme il en rêvait. Il s'en veut tellement d'avoir pris quelques kilos depuis l'été, il sent que la chemise le serre un peu trop. Il faut qu'il pense à se tenir droit dans le canapé. Mais c'est pas possible ! Il ne va quand même pas penser à des trucs comme ça toute la soirée… Il imagine la renverser sur le sofa et lui lécher passionnément la chatte alors qu'elle tient encore son verre de vin. Il est porté par un désir brutal en revenant dans le salon mais il trouve Gaby debout, les bras ballants, face aux illustrations du *Songe d'une nuit d'été* encadrées sur le mur.

« Ça va ? »

Elle se retourne et lui offre un sourire las.

« Je suis désolée, c'est juste que ma mère m'a offert un *Peter Pan* illustré par Rackham et je lui ai apporté l'autre jour pour essayer de le lui lire. Oh je ne devrais pas te raconter ça, c'est totalement déprimant. Parlons d'autre chose.

– Assieds-toi, bois un peu de *bocca* et raconte-moi pour ta mère, ça m'intéresse. »

Elle est soulagée, les pensées qui viennent de l'envahir sont trop lourdes, il faut les dissiper avec des mots. Elle lui raconte, Alzheimer, la dégradation, quelques moments cocasses, beaucoup d'autres désespérants. Virgil l'écoute avec attention, il sent qu'elle lui en est reconnaissante, souvent elle pose sa main sur la sienne. Lui essaie de se vider de tout désir et de se concentrer sur les paroles de Gaby. Il lui doit d'être là, connecté, et une partie de lui-même se dit que c'est beau, intime, cette sincérité, ce partage, et une autre partie de lui-même est déprimée d'en être déjà là, que leur flirt en *staccato* soit brisé par les saloperies de la vraie vie. Il sent monter une colère, il boit vite et beaucoup pour l'anesthésier. Il fournit un effort surhumain pour ne rien montrer, il le doit à cette femme géniale qui s'intéresse à lui, se confie. Le vin aide, une lourdeur tapisse ses mauvais instincts. Il voudrait juste que la main de Gaby cesse de tapoter la sienne, ce n'est pas comme ça qu'il voulait être touché ce soir. La colère s'est éteinte, il l'a maîtrisée. Il ne se tient pas bien droit dans le canapé mais ça n'a aucune importance, Gaby ne le regarde pas, perdue dans son récit. Elle redresse les épaules, inspire.

« Allez. Stop. Je l'avais sur le cœur mais on redevient léger. Merci d'avoir écouté. Toi, dis-moi quelque chose.

– Je vais ouvrir une autre bouteille, le chagrin nous a donné soif. »

Il l'a prononcé sans sarcasme, elle a même souri, mais ils savent tous les deux que ce n'est pas leur meilleur dialogue. Il se lève, grogne à cause d'un pincement de vertèbres.

« Tu as mal au dos ?

– Non.

– Je masse très bien tu sais ? »

Tout sonne faux, ils n'insistent pas et Virgil fuit, va chercher plus d'alcool, ne s'attarde pas dans la cuisine de peur de trop s'y attarder, revient en mimant un entrain qu'il s'exhorte à retrouver.

« Tu as fait quoi dimanche après notre déjeuner ?

– J'ai trouvé *Vacances romaines* sur le câble. Et après, j'ai pris un long bain et appelé une amie, on a refait le monde, je lui ai raconté notre rencontre, je me suis couchée tôt. Et toi ?

– Je suis allé chez des amies pour leur faire à dîner. C'était animé. Moi aussi je leur ai parlé de toi mais elles ne m'ont pas trop cru je pense.

– Ah oui ?

– Je te laisse dix minutes, je vais finir le dîner.

– Je peux t'aider ?

– Non reste là, tu es mon invitée (il hurle dans sa tête en s'entendant dire "tu es mon invitée"). Je ne veux pas que tu taches cette robe magnifique.

– Tu es gentil. »

Elle boit, il file. La friture des *arancini* est rapide, il dispose les légumes sur un plat, il faut que ce soit beau, qu'au moins le plat soit beau, gourmand, pas "gentil". Le pire, quand il revient chargé des victuailles, c'est le sourire de Gaby dans lequel il lit un trouble, un malaise, une résolution.

« Tu sais faire les *arancini* ? Mais ça va être dur de te résister. »

Il se détend un peu parce qu'il sait que sa cuisine est bonne. D'ailleurs elle mange avec appétit. La conversation reprend enfin naturellement, ils se parlent de leur boulot, de leurs enfants. La deuxième bouteille est vite engloutie par leur soulagement.

Au dessert, il quitte sa place face à elle derrière la table basse pour venir s'asseoir à son côté, elle colle son épaule à la sienne. Ils ne disent pas grand-chose en finissant la *panna cotta*. Un répit. Quand ils posent les assiettes, elle se tourne vers lui et l'embrasse, longuement. C'est doux. Il se lève, prend sa main, l'amène devant le lit, la déshabille en prenant le temps, se déshabille devant elle. Ils s'allongent, se serrent fort pour asphyxier la gêne. Elle descend en posant de petits baisers sur son ventre, ça chatouille. Elle prend sa bite dans sa main doucement, il bande un peu. D'une main il tente de la faire remonter, elle dit d'une voix suave qui l'agace : « Laisse, j'en ai très envie. » Il laisse. Elle le suce. Il n'a aucune envie qu'elle le suce mais il commence à bander fort et ça le rassure parce qu'il n'assume pas de dire à une femme qu'il n'a pas envie de ça. S'il bande fort, elle ne s'en rendra pas compte. Après un temps raisonnable, il la fait remonter contre son torse puis s'allonger sur le dos et il se glisse lentement en elle. Elle gémit de plaisir, cela a l'air sincère. Il y prend du plaisir aussi et quand ils vont jouir, ou quand il croit qu'elle va peut-être jouir en même temps que lui, il l'embrasse, et ça c'est vraiment bien. Après, ils restent silencieux, enlacés, soulagés, ça s'est plutôt bien passé.

« Je ne vais pas pouvoir rester cette nuit, dit-elle, mais j'ai déjà hâte de la prochaine.

– Moi aussi. Tu veux que je t'appelle un taxi ou tu as encore un peu de temps ?

– J'ai encore le temps. »

Ils fument, boivent, l'excès d'alcool fait vibrer les tempes de Virgil. La conversation est pauvre jusqu'à ce qu'elle dise : « Maintenant je dois y aller. »

MARDI

11.

VIRGIL SE RÉVEILLE avec un sentiment d'échec mais il n'a qu'à se tourner pour agripper Gaby. Elle sent le pain chaud, la sueur sucrée et grommelle un « Bonjour capitaine de mon cœur » qui achève de le réconforter. Il bande et glisse doucement son sexe dans le sien. Elle rit : « Je sais que je suis trempée mais là, je peux plus.

– Je ne bouge pas, promis. Je dis juste bonjour. »

Elle oscille un peu des fesses en retour. Virgil est au paradis mais il s'étonne d'avoir conservé une vision si précise d'un cauchemar. D'habitude il ne se souvient de rien.

Il lui murmure qu'il doit filer au bureau. Elle peut faire la grasse matinée et n'aura qu'à claquer la porte. Gaby grogne et se rendort aussitôt. Il se prépare et s'en va, souriant à l'idée qu'elle soit chez lui quand il n'y est plus, c'est aussi fort que l'image de sa culotte la veille, abandonnée entre eux sur le canapé.

Dans le parc Martin-Luther-King, de nombreux trentenaires font du sport avant leur journée de travail, les femmes transpirent dans leurs survêtements épais sous les directives martiales de leurs coachs. Il les trouve courageuses et belles. À la station de tramway de la porte de Clichy, il n'y a pas grand monde. Il grimpe et se réjouit de s'asseoir à sa place préférée, dans le carré, contre la fenêtre, dans le sens de la marche. Une femme africaine en boubou, pressée contre lui, téléphone à voix haute. Il se dit que les femmes africaines en boubou téléphonent souvent à voix haute dans le tramway. L'idée lui vient que c'est une réflexion raciste. Chaque fois qu'il prend le TGV, il est sûr que ce sont les vieux qui téléphonent à voix haute. Et les vieux l'agacent alors que les Africaines, non. Cela a forcément à voir avec le fait qu'il court un danger très réel de devenir un vieux, moins de se mettre à porter le boubou. Le débat l'occupe un bon moment. À porte de la Chapelle, il parie sur l'arrivée d'un cracké. Gagné. À Chapelle et Aubervilliers, c'est rare de perdre. Il trouve cela plus triste le matin que le soir.

Rosa-Parks, il descend. Le parvis est un large déversoir, espace de triage pour piétons dégorgés mal réveillés du RER. Les plus de quarante ans lui paraissent froissés. Les jeunes semblent portés par des ambitions mieux repassées.

Le hall, le café, l'ascenseur, dire bonjour à l'équipe. Se réjouir d'avoir une heure entière pour lire ses mails avant le premier rendez-vous. Et puis sa directrice financière débarque avec une mine de compte de résultat dépressif. Il voudrait la réconforter mais elle lui glisse un tableur imprimé et rapidement c'est lui qui a besoin d'être réconforté. D'ailleurs, elle pose une main sur son épaule qui signifie : « On va y arriver. » Elle trépigne aussi et cela veut dire : « Tu vas le trouver quand le best-seller qui va me permettre de mieux dormir le week-end et de sourire à mes enfants le dimanche matin plutôt que de jongler avec la trésorerie dans ma tête quand je beurre leurs tartines ? »

Il ne l'a pas. Elle le sait. La boîte est trop petite, ou trop grosse selon que l'on considère le nombre de livres publiés ou les charges fixes. Le coût du papier a explosé, les gens lisent toujours mais ils lisent tous les mêmes vingt livres. Il va y arriver. Avant le best-seller, il y a la réunion de programme de l'année prochaine. C'est une négociation serrée sur les espérances de ventes pour s'accorder sur le budget. La directrice commerciale du groupe joue le pragmatisme, lui l'enthousiasme. Elle gagne toujours.

« Ce n'est pas réaliste, huit mille exemplaires pour ce roman, partons sur quatre mille.

– C'est un enjeu de rentrée, je veux huit mille.

– Tu as des arguments que je ne connais pas ?

– Si j'accepte tes quatre mille, vous allez en mettre deux mille en place et je n'aurai aucune chance d'en vendre parce qu'on ne sera pas assez visibles quand tout le monde dira que le livre est génial.

– On parle du premier roman d'une auteure inconnue sur un pasteur américain inconnu et ses relations avec son esclave inconnu... D'accord, il y a le thème de l'invention du vaccin qui le rattache à un débat contemporain mais ça n'a aucun sens, huit mille.

– Ça a le sens de mon espoir pour ce titre.

– L'espoir ne fait pas un compte de résultat.

– Les comptes de résultat ne font pas le succès.

– Mais ils prédisent assez bien les bides.

– C'est précisément ce que je leur reproche.

– Six mille, pense aux représentants !

– OK, six. »

On s'approche du déjeuner et il n'a pas reçu de texto de Gaby. Qu'est-ce qui va se passer maintenant ? Il a envie de partir en week-end avec elle. Depuis seize ans, il court en zigzag pour éviter le plus petit shrapnel d'engagement et là, une nuit d'amour, une seule, et il veut l'emmener à Florence. Ou à Sienne ? Non, sur l'île San Pietro en Sardaigne ! C'est Fabio qui a une maison là-bas et qui aurait tout de suite accepté de lui prêter quand il aurait mentionné la raison. Virgil aurait proposé à Gaby un lundi de partir le jeudi matin et elle aurait dit oui sans hésiter.

C'est si facile à imaginer : à l'aéroport, il est épaté en constatant qu'elle voyage avec un simple bagage de cabine. Ils ne se sont pas revus depuis leur première nuit et dans le hall bondé ils font semblant de trouver naturel d'être là, prêts à prendre un avion, pour une île, ensemble. Elle porte un trench, sous le trench elle porte un pull à col roulé, il n'a jamais vu un pull aussi moulant, il lui colle à la peau comme un maillot de nage olympique. Dans l'avion pour Cagliari, Gaby dévoile son jeu en lançant un thème vieux couple :

« Chéri, tu n'as pas oublié tes anti-inflammatoires cette fois ?

– Tu me prends pour un vieillard ?

– Je te prends pour un type qui a le dos fragile et je n'ai pas envie de répéter Grenade.

– Grenade ?

– Toi qui chopes un lumbago dans l'Alhambra et moi qui ne peux pas baiser avec toi dans la baignoire géante de l'hôtel parce que tu souffres trop ?

– Sympas nos souvenirs de couple.

– Boucle ta ceinture, papy, on va décoller. »

Virgil découvre que Gaby porte des lunettes pour lire, elle est encore plus sexy avec. Elle extrait de son sac un énorme bouquin en anglais avec en couverture la gravure d'un gros type en perruque. Elle lui explique que c'est une biographie de Cotton Mather, un pasteur bostonien né en 1663.

« Le type me passionne parce qu'il était un puritain *et* un scientifique. Il a publié quatre cent cinquante ouvrages. Sa biblio va d'un traité sur la recevabilité du témoignage des spectres aux premiers écrits sur l'hybridation des plantes. »

Elle lui raconte que Mather a publié le premier article sur la variolisation en 1721 en créditant pour la découverte son esclave Onesimus. Celui-ci se souvenait qu'au Ghana, on prélevait un peu de pus dans les plaies qu'on inoculait dans une coupure d'un patient sain. La variolisation avait eu du mal à prendre mais elle avait pavé le chemin qui conduirait à la découverte de la vaccination par Jenner, soixante-dix ans plus tard. Ce qui fascine le plus Gaby, c'est que Mather se vivait comme un esclavagiste progressiste, prêchant l'obligation d'instruire les esclaves. Comment pourraient-ils accéder à la vraie foi s'ils étaient incapables de lire la Bible ? Onesimus était son préféré, le pasteur s'imaginait sans aucun doute l'ami et le protecteur de cet homme qu'il avait acheté enfant. Cotton n'avait jamais réussi à convertir

Onesimus, même quand ce dernier avait perdu ses deux enfants. Le pasteur avait alors redoublé d'efforts, le deuil serait la porte du Christ… et c'est parce qu'Onesimus s'était obstiné à refuser que le maître vieillissant avait fini par le prendre en grippe et inventer une histoire de vol pour se venger.

Virgil écoute, passionné, il dérive et s'imagine dans le salon de la maison cossue de Boston, trop serré au col dans la chemise empesée d'Onesimus.

« Je ne le serai pas, Monsieur.

– Vous ne serez pas quoi ?

– Votre frère chrétien.

– Mais enfin, pourquoi ?

– Parce que je ne suis pas votre frère.

– Ne vous ai-je pas toujours bien traité ?

– Si…

– Mais alors ?

– … pour une chose.

– Pardon ?

– Vous m'avez bien traité *pour une chose*. Vous avez pris soin de moi comme on prend soin d'un objet de prix, le prix que vous aviez investi pour m'acquérir.

– Comment osez-vous ?

– J'ose comme un homme qui ne s'appartient pas.

– Mais qu'a-t-elle donc, cette foi de sauvage, pour vous empêcher d'entendre la parole de notre Sauveur ?

– Elle a pour elle d'être mienne, Monsieur, peut-être la seule chose vraiment mienne. Alors je ne la prête, ne la donne ni ne l'abdique. Quant à entendre votre Dieu ? Mais Monsieur, je l'entends clairement, depuis le jour où mes parents sont morts et que mon oncle m'a vendu au négrier qui m'a vendu à l'armateur qui m'a vendu à vous. J'entends cette voix qui dit : je suis le Dieu qui te promet l'éternité au prix d'une vie en servitude, je suis le Dieu des fouets, des chaînes et des cales de bateau, et je te dis "Soumets-toi".

Virgil est tenté de noter le dialogue, il s'est demandé plusieurs fois s'il ne devrait pas tenir une chronique de ses rêveries. Gaby s'est replongée dans son livre pour le reste du vol. Virgil est séduit par la tranquillité du silence qui s'installe entre eux.

À l'aéroport de Cagliari, un taxi les attend. Pendant le trajet, ils ne disent pas grand-chose. La lumière d'automne blondit le maquis. Non, Virgil a une meilleure idée pour la scène : le chauffeur est une pipelette, il les prend pour un vieux couple et ne cesse de leur poser des questions en mauvais anglais. Gaby se régale à leur inventer la vie qui va avec. La seule chose sur laquelle elle ne ment pas, c'est les enfants. Virgil adore ses affabulations et se dit qu'elle est une baratineuse de génie.

Ils passent ensuite la demi-heure de traversée sur le

pont du ferry, il fait un froid de canard et ils s'enlacent et tapent du pied. Un bref instant, Virgil se retrouve avec les légionnaires de Quintus, autour des braseros. Gaby le ramène en glissant ses doigts glacés sous sa chemise. Il pose une main sur son sein, malgré le froid, la chaleur lui monte aux joues.

« Euh, ça va ?

– Oh oui... »

Virgil a tellement honte face à l'attachée de presse qui vient de rentrer dans son bureau. Il a feulé ce « oh oui » de manière indécente et, comme si cela ne suffisait pas, il découvre que le regard interloqué de sa collaboratrice fixe sa main ouverte en coupe dans le vide. Il se ridiculise en agitant ses doigts, espérant lui faire croire qu'il compte les syllabes d'un alexandrin. Il n'a jamais publié de poèmes, plus aucun poète n'utilise l'alexandrin, la déroute est amère, autant déglutir et passer à la suite. Pendant une heure, ils révisent ensemble un plan de communication. Elle le laisse sans masquer une légère inquiétude. Il oublie la déconvenue aussitôt pour repartir en voyage.

Le port de Carloforte est une splendeur, un jeune homme les attend pour les conduire à la maison. Il les informe que Fabio a pensé à tout, le frigo et la cave sont remplis, il y a des bûches pour le feu, et les clés du scooter sont sur la table de la cuisine.

Dès leur arrivée, Gaby insiste pour faire partir le feu. Elle est charmée par la maison qui n'a rien de tapageur, mais donne l'impression de se fondre dans la nature. Virgil propose de s'occuper de leurs affaires, si elle ne voit pas d'objection à ce qu'il ouvre son bagage. Gaby adore l'idée qu'il range ses culottes et ajoute que personne depuis sa mère n'a fait cela pour elle.

Quand il revient dans le salon, le feu crépite, Gaby a débouché du vin et enlevé ses chaussures. Il s'assied contre elle sur le grand canapé, elle se blottit. Ils restent là à discuter et boire, Virgil pose sa main sur son épaule, son ventre, son sein, c'est fort sans être explicitement sexuel. Cela fait des années que Virgil n'a pas vécu un moment comme celui-ci, être bien sans attente, collé sans suite.

Gaby s'est assoupie au son des bûches qui craquent dans l'âtre. Elle a la tête sur ses genoux, sa bouche entrouverte laisse pointer deux incisives à la perfection enfantine. Il caresse ses cheveux.

Elle ouvre un œil, il lui propose une promenade avant que le soleil ne se couche. Il y a une crique juste à côté de la maison, ils peuvent s'y rendre à pied. Il faut se couvrir. Elle se chausse et ferme haut son manteau, il prend une écharpe et la noue autour de son col.

Dehors, le froid est vif, l'air sec et le vent ne souffle pas. Le ciel est laiteux, le maquis hivernal laisse vite place aux pierres sur le chemin. La pente n'est pas hostile mais les cailloux roulent sous leur pas. Une colline, un dévers, la mer enlacée par deux bras de terre. C'est un paysage austère aux angles abrupts, peint dans une bichromie radicale ; le minéral est anthracite sous la lumière rasante, le bleu de la mer tire sur un violet sombre. La roche paraît profonde et les vagues acérées. Ils progressent vers une longue pierre plate, s'assoient en enfants sages, épaules collées, mains jointes. Il aurait fallu des gants, des bonnets, mais leurs frissons sont doux à partager. Un filet de nuages se délite et avant de plonger dans l'horizon, le soleil fait scintiller roche et eau, l'âpreté de la crique est pour quelques minutes couverte d'un lavis nacré. Ils se lèvent en silence pour rentrer avant la nuit.

À la maison, Gaby ravive le feu, Virgil prépare le dîner. Ils décident de manger par terre. Virgil lui demande d'enlever son pantalon. Gaby s'exécute sans cesser de parler et lui ouvre en retour la chemise. Il peut la toucher des orteils jusqu'aux fesses et elle peut ponctuer leur dialogue en caressant sa poitrine où en allant nicher son nez au creux de son cou.

« Si je te raconte une histoire qui concerne la mère de ma fille, ça t'ennuie ?

– Pas du tout, je trouve ça séduisant que tu parles si bien de ta première épouse.

– C'est lié à Onesimus, son refus du Dieu des colons. J'avais trente ans quand j'ai rencontré Raphaëlle. Elle en avait vingt-cinq et travaillait pour Fabio, il nous a présentés dans un bar à Opéra après le boulot. On s'est plus tout de suite. Quelques jours plus tard, je l'ai invitée dans un restaurant un peu guindé, je voulais l'épater. En l'attendant à table je me suis dit que j'étais quand même un parfait idiot d'avoir choisi un endroit si glacial pour un premier rendez-vous mais cela a produit un effet magique : dans ce cadre engoncé, chacun de nos fous rires nous donnait l'impression d'être complices, à part. Au cours de la discussion, elle me demande ce que je vais faire pendant l'été et je lui raconte que je pars pour un trek d'un mois au Chili et au Pérou. Je frime en insistant sur le fait que je m'entraîne pour les deux cols à six mille mètres que je vais gravir, et j'exagère considérablement la difficulté du parcours. Je lui dis que mes amis se moquent de ma conception des vacances ; passer des nuits sous une tente quand il fait moins vingt dehors relève pour eux du masochisme. Elle n'est pas d'accord et dit que ça a l'air génial. Pour blaguer je lui propose de venir avec moi, elle me répond que c'est une idée formidable et qu'elle va s'inscrire le lendemain. On n'a pas encore échangé notre premier baiser, on sait déjà qu'on va faire ce voyage et beaucoup d'autres ensemble. Maintenant imagine, quelques mois plus tard, après deux semaines magnifiques mais épuisantes à crapahuter dans les montagnes, on arrive à la fête de la Vierge noire d'un bled appelé Paucartambo. Tu es sûre que je ne t'ennuie pas ?

– Je veux tous les détails. »

Virgil se souvient parfaitement. Perdu à trois mille mètres d'altitude, ce village péruvien s'animait chaque année pendant quatre jours de juillet, recevant les congrégations des villages voisins et les familles des innombrables hameaux qui venaient y briser la solitude de leurs existences pastorales. Le trek s'était révélé une expérience sublime depuis le premier jour. Raphaëlle et lui se consumaient d'un amour de conte de fées. Ils s'étaient engagés dans la longue rue encombrée qui montait vers le village. Les étals accolés les uns aux autres proposaient des produits de première nécessité et des artefacts plus hétéroclites : des batteries de casseroles, de bombonnes de gaz, mille paires de chaussures, dont des tatanes taillées à même le pneumatique, des vêtements artisanaux ou importés, des transistors, des ballons, des jouets, des poteries... Pas un fatras de *junk* folklorique, des objets importants pour des gens qui ne l'étaient pas.

Ils s'étaient arrêtés devant un marchand d'images pieuses. La plus belle pièce était sans conteste la reproduction du Christ en croix dont les blessures laissaient échapper viscères et humeurs monstrueuses. À Cuzco, déjà, en visitant la cathédrale, ils avaient été frappés par la fascination que semblaient exercer sur ce peuple les plaies et la souffrance. Les statues des martyrs avaient des allures de grand guignol. Les flèches ailleurs élégamment posées sur le buste de Saint-Sébastien déchiraient ici les chairs et faisaient ruisseler le sang. Ici, une tête tranchée, toute canonisée qu'elle soit, laissait pendouiller au col un impressionnant magma d'artères et de lambeaux. Face à cet art doloriste, Virgil eut une révélation : un corps meurtri n'a rien de noble ni de poétique, un corps abîmé tend si vite à la pourriture, aux exhalaisons pestilentielles, des siècles de torture et d'avilissement aux mains des colons vous apprennent cela.

Après le pont, ils avaient débouché dans la rue principale, où les maisons basses en chaux blanche avaient un petit air de Cordoue mais après les sept plaies d'Égypte. Virgil sursauta au son d'une première *comparsa*. Ils se rabattirent sur le côté pour les regarder passer. D'abord, les fouetteurs : armés de longues lanières de cuir tressé, ces démons-là avaient pour charge de faire respecter l'ordre et de vider les rues sur le passage du chariot de la Vierge. Raphaëlle et lui avaient lu dans un guide l'essentiel à savoir sur cette fête. Une fois par an, pour la célébration de la Vierge du Carmen, chaque village voisin était représenté par un groupe (*comparsa*) interprétant un visage des colons ennemis. Il s'agissait de les tourner en ridicule mais surtout d'éloigner l'horrible maladie qu'ils avaient apportée dans leurs bagages : le paludisme appelé *chuckchu*. Chaque *comparsa* déambulait dans les rues en dansant et moquant ceux que leurs costumes désignaient : les hommes de loi, les prêtres, les esclaves noirs des blancs, etc. Les masques étaient particulièrement grotesques. La sinistre blague étant que toutes ces danses anticoloniales finissaient par célébrer... la vierge Marie.

Le premier cortège passé, ils avaient pris la suite des danseurs jusqu'à une église de petite taille mais bien entretenue. Les *bandas* jouaient, les *comparsas* s'ébrouaient, les fouetteurs s'en donnaient à cœur joie, et Raphaëlle et lui enchaînaient les bières tièdes. Virgil laissait monter lentement en lui une forme de ressentiment. La procession de la Vierge était passée devant eux, les pauvres bougres peinaient comme des esclaves sous le bois du plateau, combien pouvait peser cet attelage : cinq cents kilos, une tonne ? Il les avait regardés grimacer, geindre. Ils rachetaient leurs fautes.

À la frontière des Andes et de l'Amazonie, pas de génie du christianisme, pas de saint Augustin, d'Hildegarde de Bingen, de Thomas d'Aquin, de Bartolomé de las Casas, de Teilhard de Chardin, seulement les relents génocidaires du prosélytisme missionnaire, le souvenir des chaînes, du fer et de la mort. Et cette Vierge consolatrice, une reine vampire ayant traversé l'océan pour se chercher de nouveaux adorateurs. Mais qui lui avait vraiment résisté à celle-là ?

Virgil se retrouve perdu dans la foule, une bouteille de Pisco à la main. Raphaëlle veille sur lui mais il ne la voit plus. Saoul et vacillant, il est accepté dans la danse, on le pousse mais avec affection. On lui adresse les pires sourires édentés, le *gringo* est enfin perdu, et le *gringo* pleure et boit, chante et se cogne contre les gens, les lamas et les murs.

Du fond de son ivresse monte un avertissement, il est saisi par la révélation que son état, la joie primale qui le porte, est en grande partie nourri par la satisfaction d'habiter un de ses personnages préférés, le consul Geoffrey Firmin dans *Au-dessous du volcan*. Ce qu'il vit est sincère, mais une part est née des rues et des odeurs de ce village péruvien, l'autre des lignes écrites par Malcolm Lowry. Virgil sait qu'il a déjà laissé tant de place aux rêveries dans sa vie qu'il traverse certains moments en interprétant un rôle issu de l'une d'entre elles. Là c'est une variation sur un de ses héros littéraires. Le village mexicain du roman, Quauhnahuac, s'est superposé à Paucartambo. Virgil a vêtu le costume sale du consul alcoolique aux pieds nus, et l'intimité fictive de Geoffrey a agi comme un diapason de ses émotions.

Le Virgil de la rêverie qui raconte l'histoire à Gaby devant la cheminée a conscience qu'il est incapable de faire le tri entre ce qu'il a ressenti alors et ce qu'il a reconstruit depuis à partir de ce souvenir.

Le Virgil qui est dans son bureau en train de rêver qu'il raconte tout ça à Gaby a conscience qu'il est incapable de faire le tri entre ce qu'il a reconstruit et l'envie qu'il a soudain de s'imaginer faire part de ce doute à Gaby. Rien de tout ça n'est un problème.

Le problème, c'est que le Virgil de Paucartambo, au moment où il le vit, est gagné par la certitude que ce mouvement, cette propension, portera un jour un coup fatal à sa relation avec Raphaëlle qu'il aime plus que tout au monde, qui est là, à son côté dans la foule, inconsciente des dimensions qui l'envahissent, s'empilent, se tordent, se reflètent, s'harmonisent. Elle est sans doute la plus belle chance de toute sa vie d'aspirer au bonheur conjugal. Elle ne le sait pas mais elle va lui donner cette enfant miraculeuse qui deviendra sa seule fierté d'homme, elle est là, si belle, tranquille, confiante, et d'ailleurs elle le rejoint au milieu des fouetteurs et elle le demande en mariage. Il dit oui bien sûr.

Gaby sourit, émue. Virgil se penche pour ajouter une bûche dans l'âtre.

« Je sais que ça ne se fait pas de raconter à une femme qui vous plaît la beauté et la fragilité d'un amour précédent mais je pense que c'est important cette mélancolie des moments d'amour parce qu'en vieillissant on devient plus méfiant et plus timoré alors qu'il faudrait considérer ça comme un devoir, je pense.

– Quel devoir ?

– L'ambition quand on tombe amoureux de créer des moments d'éternité.

– Tu es en train de tomber amoureux de moi ? »

Le vin a alourdi leurs paupières, ils se prennent la main et vont au lit où ils glissent sous les draps, cherchant moins à jouir qu'à s'embrasser jusqu'au sommeil. C'est divin.

Virgil revient au présent, ses yeux font le point, la page de traitement de texte ouverte à l'écran passe d'un flou iridescent à un ordonnancement binaire où les traits noirs s'agrègent en lettres, en mots, en phrases, en paragraphes et s'accrochent à leur place désignée dans l'espace blanc aussi précisément bordé qu'un corral.

Il éteint l'ordinateur, attrape sa veste, sa sacoche. Sa

paume droite est chaude, comme s'il tenait encore la main de Gaby. Il prend l'ascenseur, salue le préposé au spray hydroalcoolique.

Dans le tramway, il y a trop de monde pour penser. Arrivé chez lui, il remarque qu'il est tôt dans la soirée. Il pourrait en profiter pour lire un manuscrit mais il a passé trop d'heures dans les provinces de ses propres fictions pour explorer celle d'un autre. Il mange sans appétit, regarde un film sans attention. Il repousse le sentiment de solitude. Vendredi, il y a la fête, et après, le week-end avec Lucie. L'appartement reprendra toute sa vie, sa vie reprendra un peu de bruit et de couleurs, plus que trois jours. En attendant, en se couchant, il fait défiler quelques images de Gaby, de l'aéroport, du ferry, de la maison de Fabio, de la crique, de Paucartambo… et il s'endort en se disant qu'il serait gonflé de se plaindre : objectivement, il vient de vivre une journée extraordinaire.

MERCREDI

12.

DANS L'ALLÉE DU PARC MONCEAU, Sarah, complètement ivre, agrippée à son bras, lui chante une ballade napolitaine. Elle chante faux, il le lui fait remarquer, elle le tape. Elle lui raconte qu'elle sort de table et que Giancarlo l'a fait trop boire. Virgil lui rappelle qu'elle chante encore plus faux quand elle est sobre, elle le tape.

« Cap à l'est ! » braille-t-elle en tanguant alors qu'elle le tire vers le nord.

Virgil ne sait pas trop à quoi s'attendre, cela fait plusieurs semaines qu'elle lui a fait bloquer ce rendez-vous. Un mercredi, à 16 heures… il se doute que cela a quelque chose à voir avec son anniversaire et prie pour que cela n'implique pas un nouvel essayage.

Virgil a l'habitude de côtoyer Sarah saoule mais aujourd'hui, il distingue un motif sombre entretissé dans son ivresse. Ils quittent le parc et débouchent sur le boulevard Haussmann. Les talons de Sarah sont plus assurés sur l'asphalte et, quelques pas plus loin, il comprend la nature du cadeau devant le musée Jacquemart-André.

« Tu m'as bien dit que tu ne l'avais jamais vu en vrai ? demande-t-elle.

– Jamais.

– Depuis le temps que tu m'en parles. Je suis contente d'être là pour ça. »

Le tableau dont parle Sarah est *Le Rameau d'or* de William Turner. Elle a réservé les places, l'attente est courte et ils se retrouvent vite face à la toile. Les bateaux, les ports, les couchers de soleil intéressent peu Virgil. Mais le *Rameau*... c'est une autre histoire, des centaines d'heures de rêverie sont associées à cette toile.

« Refais-moi ta démonstration, demande Sarah.

– Tu la connais par cœur...

– Chéri, depuis le temps, tu devrais savoir que je ne t'écoute vraiment que quand tu parles de moi. »

Le tableau représente une scène de *L'Énéide*. Un paysage au bord d'un lac qui renferme une entrée vers les enfers. Le héros veut s'y rendre pour retrouver son père, la sibylle lui conseille de casser un rameau d'or d'un arbre sacré pour l'offrir à Proserpine en échange du passage. Mais la source de l'obsession de Virgil vient d'ailleurs.

À la fin du XIXe siècle, l'anthropologue James George Frazer a contemplé le même tableau, à la Tate Gallery de Londres, et il lui a évoqué un curieux rituel de l'Empire romain. Sur le bord du lac de Nemi se dressait un temple dédié à Diane. Dans ce décor bucolique, se jouait régulièrement une tragédie sanglante : si un esclave en fuite tuait le prêtre du temple dans son sommeil en lui fracassant le crâne avec une branche d'arbre, il prenait sa place et devenait *Rex Nemorensis* (le roi du bois). Frazer était fasciné qu'une tradition aussi barbare subsiste dans la si policée société italienne antique. Il s'était dit que se nichait là une histoire bien plus archaïque. L'anachronisme allait être le point de départ d'une œuvre colossale – *Le Rameau d'or* – où il entreprendrait de retracer le fil complet de la pensée magique et religieuse de l'humanité. La lecture du *Rameau* avait ouvert à Virgil une nouvelle fenêtre sur le monde.

Ce que Sarah appelle la « démonstration » de Virgil concerne une interrogation de Frazer dans son introduction. L'auteur se demande ce que peut ressentir le prêtre criminel à la nuit tombée quand il ferme les yeux, terrorisé d'être à son tour assassiné. Et il pose la question de ce qui peut pousser un humain à payer ce prix-là.

Pour Virgil, la réponse est simple. La seule raison

de vivre dans cet état de terreur, c'est une promesse magnifique et rare, celle qu'en tant que prêtre, roi du bois, au moins une fois, entre les bouleaux sacrés, l'homme ancien esclave, à la différence de tous les autres hommes libres ou enchaînés, verra la déesse, de ses yeux, de son vivant.

Sarah écoute avec la plus grande attention.

« Tu parles de replacer la question dans la foi ?

– Je parle d'une chose plus évidente encore, la question de toute l'humanité. Que serais-tu prête à sacrifier contre la promesse qu'on lève pour toi le voile et que tu puisses une fois contempler l'inaccessible : Dieu, le Grand Architecte, Yggdrasil, la Matrice, comme tu veux ?

– C'est sûr que c'est une promesse sexy, du genre sur lesquelles on fonde des sectes.

– Exactement.

– Et tu serais prêt à sacrifier quoi, toi ? »

Virgil n'a pas la réponse à cette question mais elle résonne et s'annonce en frappant fort au rythme des battements de son cœur, il ne peut que lui céder, même si le vertige est plus puissant que d'habitude. Il part, glisse, résiste, ça tourne comme un manège de chevaux de bois. Toutes ses rêveries, trop, qui s'entrechoquent et s'entrelacent ces derniers jours. Il faut qu'il aille faire un scanner, il doit avoir une tumeur au cerveau, c'est une certitude, une évidence – il va mourir, à cinquante ans – il est secoué d'un sanglot en pensant à sa fille. Non ! Il ne peut pas. Même si, pour être honnête, il lui arrive de penser que la vie est finalement un peu ennuyeuse et qu'il est déjà trop vieux pour ne pas s'avouer qu'il se trouve décevant et qu'il ne reste pas suffisamment de temps pour redresser la barre. Mais non, encore quelques années, tant que Lucie puisera de la force à le serrer parfois dans ses bras – mais quitte à ne pas crever, il faudrait trouver un appui, reprendre pied dans le réel, il sent bien que cela s'aggrave, qu'il tire trop sur la corde et s'enfonce trop loin dans le labyrinthe. Il pense à la nouvelle de Borgès qui s'intitule *La Demeure d'Astérion* et met en scène le Minotaure, enfant désespéré, se doutant que ce labyrinthe qui est tout son monde ne peut être un monde juste pour un enfant, pas même pour une bête, mais parce que c'est le seul monde qui lui est donné, son esprit se rebelle et lui fait défendre cette condition dont tout en lui crie qu'elle est une illusion : *Selon une autre fable grotesque, je serais, moi, Astérion, un prisonnier. Dois-je répéter qu'aucune porte n'est fermée ? Dois-je ajouter qu'il n'y a pas une seule serrure ?* À ses rêveries non plus il n'y a ni portes ni serrures, et pourtant leurs couloirs s'allongent et l'exploration de leurs salles aux trésors s'éternise, et plus il y séjourne, plus il se sent creusé par une soif inextinguible, il avance lentement, ses pieds nus entaillés, rongés de cloques et une plaie plus large au tibia qui le fait boiter, mais il est temps de réclamer le prix. Il a mal à cette main droite encore serrée autour de la branche, il a dû se casser plusieurs doigts, il se dit que le sang refroidit aussi vite que le sperme, il ne veut pas regarder ce poing recouvert des humeurs visqueuses échappées du crâne fendu du prêtre, il ne dormait pas, ou d'un sommeil mauvais, il a hurlé comme un enfant lors d'une terreur nocturne en mourant sous ses coups. Virgil avance vers la rive, piqué par les insectes, griffé par les branches, enfin si vivant, si mal mais si vivant, parce qu'entre ses vies fuyantes, ses espoirs d'ailleurs, ses désirs grandioses, comme des fragments de toiles de Turner, gorgées de lumières ensorcelantes, de soleil roux en spirale, il y a des espaces fétides qui se délitent entre les bords des cadres, des marges vides où il devrait y avoir la vie, la sienne, la vraie, mais les dimensions s'y plient dans des angles aberrants, et les heures qui s'y écoulent sont de moins en moins fiables, alors il faut au moins qu'il y ait un prix pour que cela ait un sens.

L'eau est un baume, sa fraîcheur lave ses plaies et délie tous les muscles de son corps d'une fatigue si ancienne, il se redresse heureux et fort, sa volonté s'affermit, à quelques mètres dans l'eau du lac, une ride s'arrondit en cercle sur la surface, une tête sort de l'eau, une femme rousse d'une beauté enfantine mais aux formes pleines et lourdes, une couronne de fleurs autour du cou, elle tend les bras mais son sourire porte un regret, une question à laquelle il devrait savoir répondre, telle une ultime épreuve, Virgil sait que ce visage est celui de la petite sirène, il entend les cris et les rires de ses amis sur la berge, le bruit d'une voiture qui dérape au bord de la jetée, et elle appelle son nom.

« Virgil ? »

Le poids de la mélancolie.

« Virgil ? »

Pourquoi cette inquiétude ?

« Virgil ? »

La lumière reconfigure l'espace.

« Putain, Virgil ! Tu m'as fait peur là, ça va ? »

Sarah tient sa main, il est assis sur une chaise, dans la salle du *Rameau*, des inconnus le regardent bizarrement. On le plaint et il gêne. Il tente de se lever.

« Tout doux mon grand, bois un peu d'eau. Tu as fait un vertige étrange, c'est comme si tu étais tombé dans les pommes au ralenti. »

Il se sent bien. Il refuse le gobelet et se redresse, surpris de n'éprouver aucune douleur aux pieds.

« Ça va.

– MON CUL ÇA VA ! » fait Sarah énervée.

Il la convainc de ne pas appeler le SAMU et ils sortent du musée. Elle veut l'emmener aux urgences, il négocie pour aller d'abord boire un verre en terrasse. Il commande un café, un jus d'ananas et un pastis.

Virgil se sent obligé de rassurer son amie et invente une série de nuits blanches à cause du stress au travail. Elle semble le croire et l'admoneste sur son hygiène de vie, sans grande conviction puisqu'il connaît la sienne. Il lui parle tout de même un peu de ses rêveries et avoue qu'elles prennent trop de place dans sa vie en ce moment. Il lui confie qu'il est troublé par l'apparition d'un souvenir, celui de la petite sirène, Valérie, dans celle qui vient de l'emporter devant le Turner. Sarah connaît l'anecdote mais le prie de la lui répéter, en détail. Elle l'écoute puis demande :

« Qu'est-ce qui manque ?

– Pardon ?

– C'est une histoire formidable, drôle, positive. Alors qu'est-ce qui lui manque ? »

Virgil n'est pas surpris de connaître la réponse.

« Il restait une semaine de vacances. Valérie ne nous a plus quittés, on est allés tous les jours à l'océan ensemble, on a passé toutes les nuits ensemble. Un amour de vacances à vingt ans. Une fille sublime était entrée dans l'eau nue, un collier de fleurs autour du cou. Elle y a disparu et je l'ai sauvée et pas une fois, pas une seule fois je n'ai eu le courage de lui demander pourquoi elle avait essayé de se noyer. J'étais heureux, fier. J'avais eu du succès tu comprends ? Sans avoir eu à fournir d'efforts, le genre de succès que les beaux mecs ont dans les films. Elle m'avait vu et je lui avais plu. Alors, je n'ai rien demandé. J'ai fermé ma gueule, j'ai profité de la semaine, j'ai fait des blagues, j'ai pris tous ses baisers, j'ai joui tous les soirs entre ses cuisses et j'ai chassé bien loin l'idée que si elle était là, à m'embrasser, à m'offrir son corps et sa tendresse, c'était parce que passer un peu de temps avec moi lui semblait une occupation moins sordide que de se foutre en l'air. Et cette peur que j'ai repoussée était plus importante que de m'intéresser sincèrement à elle et peut-être l'aider. »

Sarah prend son temps, semble peser le pour et le contre, elle tapote même des doigts sur la table pour donner du rythme à ses déductions.

« Donc, reprend-elle, tu t'accuses d'avoir été un connard égoïste…

– Quelque chose comme ça…

– Et si ça te poursuit, c'est parce que tu te demandes si tu n'es pas resté un connard égoïste… »

Sarah vide le pastis d'un trait.

« Elle avait vingt ans comme toi ?

– Oui.

– Et pas une fois depuis, tu ne t'es dit qu'elle aussi s'était montrée égoïste ? C'est typiquement masculin. »

Virgil est sans voix.

« Tu n'es pas un "connard", tu n'es juste pas très malin. Je ne sais rien de cette Valérie mais on peut imaginer qu'elle avait des histoires tristes dans la tête. Toi, tu les as remplacées le temps d'une semaine par une histoire joyeuse. Tu as fait le boulot, c'est tout. Si tu t'étais pris pour un psy, elle se serait barrée en cinq minutes.

– Tu es en train de me dire que j'arrive à me donner beaucoup trop d'importance en me reprochant de n'avoir pensé qu'à moi ?

– Quelque chose comme ça. »

Virgil est sur le point d'éclater de rire mais une intuition écrasante bloque sa gorge et il saisit les mains de son amie.

« Sarah ? Qu'est-ce qui ne va pas ? »

Une larme coule sur sa pommette.

« Sarah ? »

Elle s'affaisse sur sa chaise et lui raconte que Marylène a fait ses bagages et a quitté le Zoo, le lendemain de leur dîner. Elle n'a pas eu de nouvelles depuis. C'était l'engueulade de trop. Sarah n'a pas dormi et elle a pleuré pour toute une vie. Elles se sont souvent fâchées mais cette fois, elle le sait, Marylène ne reviendra pas. Virgil s'en veut, d'être aussi peu malin, ou aussi égocentrique, ou plus sûrement les deux, c'était pourtant évident, depuis tout ce temps.

« Tu sais où elle est ?

– Elle ne veut pas me parler. Elle m'a bloquée, elle a bloqué tout le monde d'ailleurs. J'ai appelé partout quand même. Ses quelques amies que je connais ne m'ont rien dit.

– Et tu l'aimes ?

– À la folie.

– Elle le sait ?

– Bien sûr. Elle m'en veut parce que je ne le lui ai jamais dit. Ça fait si longtemps. Tu comprends ?

– Non. Vraiment pas.

– Mais regarde-moi. »

Virgil est brisé par le désespoir qu'il lit sur son visage et honteux de n'avoir rien deviné. Il se dit que cela doit être simple. Sarah était amoureuse de Marin et ne lui a jamais pardonné d'être devenu Marylène ? C'est pour cela qu'elles s'engueulent si souvent sur le sujet des trans ? Cela paraît logique mais pourquoi ce « Regarde-moi » ?

Sarah lui murmure : « Elle est parfaite et je suis trop vieille. Je ne peux pas lui faire ça. Tu sais ce que c'est, cette souffrance ? Bien sûr tu ne sais pas. Savoir qui tu aimes et ne rien faire parce qu'elle vaut tellement mieux que toi, savoir que, si tu baisses la garde, un truc en elle qu'elle ne contrôle pas va faire qu'elle t'aimera en retour et que tu seras malheureuse comme une pierre parce qu'elle gâchera sa vie à tout faire pour rendre la tienne plus belle ? »

Virgil a conscience qu'il doit faire attention à ce qu'il va dire à présent. Il serait illusoire de prétendre rattraper des décennies de construction intime, il serait vain de s'imaginer détenir un pouvoir consolateur, il serait dangereux de nier autant de douleur par un argument relativiste. Pour la première fois depuis longtemps, en revanche, il est à peu près sûr de ce qu'il doit faire.

13.

IL EST 7 HEURES DU SOIR quand il appelle Gaby :

« Salut capitaine.

– Tu fais quoi ?

– Je prépare le repas des enfants et après je vais regarder *The Crown* sous la couette.

– Bonne idée. Il fait un froid de gueux dehors.

– Et toi ?

– Tes enfants ont l'âge de se garder tous seuls ?

– Oui. Je sens venir une proposition. Je tiens à préciser que j'aime beaucoup *The Crown*.

– Tu voudrais bien passer la nuit avec moi à te geler dans les rues en écumant une cinquantaine de restaurants et bars ?

– Une cinquantaine ?

– Je dois préciser qu'on ne pourra pas vraiment en profiter. C'est juste pour trouver quelqu'un, une femme qui s'appelle Marylène.

– Et on la cherche parce que… ?

– Parce que ma meilleure amie, Sarah, est folle amoureuse d'elle mais qu'elle n'a pas trouvé le bon moment pour le lui avouer dans les vingt dernières années qu'elles ont passées à vivre sous le même toit.

– C'est ballot. Ta Marylène est partie depuis combien de temps ?

– Quarante-huit heures.

– Et ça ne peut pas attendre parce que… ?

– Parce qu'à force de me regarder le nombril, je n'ai rien vu, et donc je me sens coupable, et donc j'ai envie de la trouver ce soir, et de la ramener.

– Tu te rends compte que tu t'es inventé un scénario de comédie romantique où tu te prends pour Hugh Grant ?

– Oui.

– Rassure-moi : une partie de ton cerveau sait que dans la réalité c'est plutôt un plan foireux, assez mégalo et terriblement fastidieux ?

– Oui.

– Donc, tu t'es dit que, quitte à t'infliger ça, tu t'ennuierais moins si j'étais avec toi.

– Oui. Et aussi que je trouverais bien une ou deux opportunités de te rouler de longues pelles.

– Ta fuyarde, elle ne te répondra pas au téléphone ? Même pas à un sms ?

– Non elle veut être seule et surtout que les amis ne s'en mêlent pas. Elle a été très claire sur ce point.

– Ah oui, c'est vraiment bien pensé ton histoire. Pourquoi les bars ? Elle n'est pas chez une copine ?

– Je me dis qu'elle est certainement chez une copine qui l'a convaincue de sortir et d'aller traîner dans les bars.

– Mmh…

– Tu penses à quoi ?

– Je pense que ma fille va hurler quand je vais lui piquer ses Ugg et je pense que t'as intérêt à assurer pour les pelles. On se retrouve où ? »

Il l'attend square d'Anvers, Sarah lui a préparé une liste interminable d'endroits à prospecter, à peu près tout ce que les neuvième et dix-huitième arrondissement comptent à la rubrique « Sortir ce soir ». À commencer par un restaurant hongrois que connaît bien Virgil.

Sous l'arbre, à côté du petit carrousel, il regarde les enfants sur les chevaux de bois. Les plus petits, engoncés dans leurs cocons de doudounes et bonnets, semblent trop momifiés pour profiter du manège, les plus âgés prennent la pose pour satisfaire leurs parents qui les mitraillent en quête de la parfaite représentation du bonheur hivernal à poster sur Instagram.

Il se souvient de sa fille au même âge, de sa tendresse appliquée, son sourire précautionneux, des frissons lorsqu'elle venait poser sa joue contre la sienne, de l'ivresse quand elle glissait sa tête au creux de son cou et qu'il y sentait son souffle fragile et chaud, de l'odeur de ses cheveux qui lui donnait la certitude de déchiffrer dans son propre ADN l'attachement viscéral à ces quelques kilos de miracle. Tous les clichés sur l'amour d'un père pour sa fille, comme une moquerie de l'univers dédicacée au nihilisme. Il pense à la naissance des expressions sur son visage : la plus éblouissante galerie d'art qu'il ait jamais parcourue. Il pense aux premières manifestations dans son langage de la synthèse, de la déduction, de l'abstraction. Il pense à son apprentissage de la ruse, du mensonge, du secret. Il pense au spectacle de son intelligence. Il est ému au souvenir du réconfort exigé, de la confiance absolue, de la première blague répétée cent fois, des doutes confiés de façon malhabile, des larmes versées pour une chute, pour un mot tranchant dans la cour de récré, pour la peur de perdre l'exclusivité d'une amitié, la crainte de ne pas être populaire, de la fois où il lui avait demandé « Pourquoi as-tu l'air triste ? » et qu'elle avait répondu en tremblant du menton : « Je ne sais pas. » Une onde de fierté le balaie à la mémoire de ce corps devenu agile, conquérant sur un grand vélo, plongeant dans un rouleau de l'océan, courant vite et délié, triomphant bras levés, ondulant au rythme d'un tube de l'été. Il se sent en paix à l'évocation de ce soir pas si lointain où elle était partie pour un week-end de fête avec ses amis et qu'il avait lu dans son regard l'insouciance, l'audace, l'appétit des plaisirs, et l'intuition qu'elle pouvait se passer de lui.

« Tu vas bien ? Tu as l'air chamboulé. »

Gaby est apparue. Il désigne du menton le carrousel et lui confie qu'il rêvassait à Lucie.

« Ils nous infiltrent, ces animaux magnifiques », soupire-t-elle.

Il lui raconte que, l'année dernière, à la mort de son père, Lucie l'a soutenu. Pas en prenant la charge de sa peine mais en lui confiant la sienne d'une façon qui rendait possible de la partager. C'était un grand-père idéal pour une enfant, du genre qui laisse croire que les centaures marchent encore sur la terre.

« Quand la morphine l'a finalement emporté, je suis rentré de l'hôpital, je me suis assis, vide, aride, à côté d'elle sur le canapé. Je me disais : maintenant on va dîner, regarder un film, se coucher, dormir, demain je commencerai les démarches administratives. Je lui ai demandé ce qu'elle ressentait, elle m'a répondu : “une sinistre indifférence”. On a dîné, regardé un film, on s'est couchés. Le lendemain, j'ai passé des heures dans la cuisine à téléphoner pour annoncer la nouvelle à la famille, aux amis. Tout à coup, j'ai entendu des sanglots à travers la porte de la salle de bain. J'ai frappé, elle a ouvert, sur son visage mouillé d'adolescente j'ai retrouvé l'enfant. Je lui ai demandé si ça allait, elle m'a répondu : "Je crois que je dis au revoir à ma sinistre indifférence."

– Vous avez dû ressentir une forme de consolation à ce moment, non ?

– Mieux. On était simplement tristes ensemble. »

Gaby attrape la tête de Virgil pour la baisser au niveau de ses lèvres. Il l'embrasse, s'ébroue et rit.

« T'es beau mais j'ai froid, lui dit-elle. On commence la traque ? »

Virgil l'emmène dans le premier restaurant. Le patron connaît Marylène et ils n'ont pas de mal à le convaincre d'appeler si elle passe par là. Les voilà aussitôt repartis arpenter l'avenue Trudaine. La plupart des gens sont sympas quand Virgil raconte qu'il cherche une amie dont la disparition l'inquiète, certains posent trop de questions et il lui faut broder mais la présence de Gaby l'aide à ne pas passer pour un prédateur. Ils ne s'accordent leur première pause qu'au bout d'une heure dans un bar moins bruyant que les autres.

Gaby l'interroge au sujet de ses amies, elle veut comprendre les mouvements de cette histoire. Virgil tente d'expliquer comme il peut mais il n'arrive pas à concilier l'image d'une Sarah hédoniste et dominante avec sa posture sacrificielle. Sans douter un instant de sa sincérité, il lui est difficile d'envisager que les années de promiscuité aient fait naître une passion plutôt que renforcer une amitié.

« On se raconte souvent que la vérité éclate, propose Gaby. Peut-être que parfois, elle s'insinue. »

Virgil lui confie une interrogation : et si c'était la peur de vieillir qui avait amené Sarah à cet état de vulnérabilité ? Est-ce que Marylène est partie, lassée que Sarah ne se déclare pas, ou blessée de la sentir sur le point de le faire au moment où elle a peur de moins séduire ? Gaby n'a pas de réponse à ça. Elle pense que parfois de belles choses peuvent naître d'une concordance de vulnérabilités, d'autres fois elle se dit que l'amour c'est toujours l'évidence de l'un qui éteint les doutes de l'autre. Elle est en train de développer quand elle se rend compte que Virgil ne l'écoute plus vraiment.

« Elles sont belles ces bottes, avoue-t-il.

– Je me suis dit que les Ugg au troisième rendez-vous, c'était pas possible. Mais je le paie cher, j'ai les orteils gelés. »

Elle a encore son lourd manteau sur les épaules mais entièrement ouvert et Virgil découvre des doigts le velours pourpre de la robe longue, la couture du bas à la jonction de l'échancrure scandaleusement dévoilée par ses jambes croisées haut sur le tabouret. Il pose la paume sur son tibia, remonte jusqu'au genou, elle s'interrompt dans sa phrase et il retrouve ce souffle court aspiré qui témoigne chez elle d'un désir joyeux. Elle a baissé les paupières. Virgil se penche vers son cou mais elle se raidit, quelque chose dans son dos, un brouhaha méchant, elle grimace. Virgil prête davantage attention aux trois types éméchés qui se sont installés à côté d'eux au zinc. Quelques minutes auparavant, il a enregistré leur présence sans les identifier comme une menace. Ils parlent fort et mal, et à mieux les observer, il leur trouve des tronches de supporters de foot des mauvaises tribunes. Il demande à Gaby si ça va, elle élude la question mais derrière elle, les mecs la fixent avec des regards huileux et s'échangent des vannes rances. Virgil serre la mâchoire, les poings, commence à se lever mais Gaby l'arrête d'un geste très autoritaire :

« Une petite mise au point : depuis Quentin Picard en CE2, je ne laisse plus personne me piquer mes jouets. »

Virgil est d'autant plus paumé que Gaby saute du tabouret, lui fourre son manteau dans les bras et va se tenir debout entre les soudards et la salle. Elle leur tourne le dos et apostrophe l'assemblée d'une voix forte :

« Mesdames, messieurs, votre attention, un instant ? Merci ! Ce sera court et je vous rassure, je ne vais pas chanter. J'ai besoin de vous pour résoudre un dilemme. »

Les trois types sont surpris et la salle immédiatement captivée. Elle poursuit :

« Voilà, je prenais un verre avec mon mec, le grand là, quand ces trois gentlemen se sont pris d'une soudaine affection pour moi (ça ricane déjà dans la salle, les filles surtout), un emportement qu'ils ont gracieusement manifesté par un florilège de compliments. Ils n'articulent pas très bien mais j'ai entendu : “bonne chienne”, “bouche à bite” et “la démonter”. »

Les femmes de l'assistante hurlent des « bouhou » rageurs, les hommes se taisent mais affichent des mines réprobatrices, un colosse berbère se lève, bras croisés, et toise les types avec un regard gourmand, Virgil l'aime déjà beaucoup. Les hooligans n'en mènent pas large. Gaby harangue la foule, elle est splendide en meneuse de revue :

« Alors aidez-moi à faire un choix, s'il vous plaît. J'hésite vraiment. Est-ce que je prends la juste place destinée à mon sexe (elle pose les deux mains sur une table face au public, se penche en avant, les fesses cambrées oscillant lascivement vers les trois connards) et je leur offre mon petit cul en signe de soumission ? »

Toutes les femmes de la salle se lèvent et hurlent des « non » martiaux comme un chœur de guerrières kurdes. Le grand rebeu médusé regarde Virgil et lui adresse un pouce levé en articulant « waouh », Virgil hausse des épaules façon « je suis son premier fan ».

Gaby laisse les « non » résonner longtemps puis se redresse et lève la main pour demander un silence qu'elle obtient aussitôt.

« Ou bien... »

Elle joue avec son auditoire.

« Ou bien est-ce que je leur offre un verre ? »

Quelques « bah non » fuitent mollement, tout le monde est un peu perdu.

« J'hésite... je vais leur offrir un verre je pense, oui. »

Les gens sont déçus, les trois mecs sidérés.

Gaby crie plus fort encore : « Patron ? »

Silence.

« Pour le petit gros ce sera un shot d'éducation, pour le chauve un peu d'amour-propre et pour le grand connard, du déo s'il vous plaît, double dose ! »

La salle explose comme pour un but de Coupe du monde. Les femmes viennent enlacer Gaby et leurs mecs applaudissent à tout rompre pendant que le patron sonne la cloche à pourboires et indique aux charos humiliés qu'il est temps de partir, ce qu'ils font sans demander leur reste.

Gaby se déleste poliment de ses nouvelles groupies et retrouve Virgil. Elle lui glisse : « En Ugg, ça aurait été beaucoup moins classe ! »

Virgil émerveillé l'embrasse et lui dit : « Dans tout ça, il ne m'a pas échappé que tu as dit "mon mec".

– Eh bien j'ai beau être féministe, ça m'a grave excitée que tu sois prêt à te lever pour leur casser la gueule. »

Le patron leur offre le cocktail maison dégueulasse qu'ils boivent trop vite avant de se couvrir et de reprendre leur enquête. Dehors il fait encore plus froid mais leurs joues sont en feu et ils sont amoureux.

Les deux rues suivantes sont interminables, Marylène n'est nulle part, les barmen n'ont pas le temps, les barmaids sont pessimistes. Gaby a faim, les tapas chics l'emmerdent et elle insiste pour un kebab. Dans la cantine turque aux chaises de bakélite, elle fait sensation mais les gars sont polis. Virgil parvient à ne pas rire quand le patron leur offre magnanimement des sauces complémentaires. Sur son plateau orange, Gaby a étalé une serviette en papier et bâtit une tour façon Kapla avec ses frites. Elle semble préoccupée.

« C'est dur la deuxième étape, à notre âge, laisse-t-elle échapper.

– Tu veux mes frites pour aller plus haut ?

– Je parle de nous, grand couillon. »

Virgil, bercé par la poésie foutraque de la soirée, l'encourage du regard.

« C'est un jeu de tours de garde, continue-t-elle. La vérité, c'est qu'on s'est retranchés et qu'on fait passer notre méfiance pour de la sincérité. Au premier rendez-vous, chacun propose un aperçu de ses défenses qu'il maquille en sagesse : "je cherche ci", "je ne veux plus ça", "mes aspirations", "mes désillusions", "ce que je peux offrir"... Draguer après quarante ans c'est quitter la fête pour un séminaire de ressources humaines.

– On n'a pas vraiment commencé comme ça.

– Non c'est vrai. Je t'ai branché en terrasse, tu as super bien suivi le mouvement. Heureusement on n'a pas attendu pour baiser, merci pour ça, on était portés, ça fait un beau début et c'est tellement important, les débuts. Et puis tu m'as proposé cette corvée ce soir. Ne fronce pas les sourcils, c'est bien. Tu n'avais pas envie de faire un truc chiant tout seul et tu as pensé à moi. Je trouve que ça ressemble à quelque chose. C'est intime, ça me plaît. Parce que c'est le problème, non ? Après les mariages, les séparations, les enfants, les écoles, les vacances, les boulots, les ex qui sont à la hauteur ou pas, on devient dans le meilleur des cas des adultes adaptés, responsables, malins, et complètement paranos à l'idée de voir nos tours de garde s'écrouler au seul endroit où l'on ne peut jamais poser de fondations : l'intimité. »

D'une pichenette, elle fait tomber les frites. Virgil est propulsé entre les braseros d'une nuit glaciale devant le mur d'Hadrien. Il se souvient : les légionnaires savent que le mur aux confins de l'empire tombera parce qu'ils ont déjà tout vu tomber. Il lutte pour revenir au présent mais l'air humide de la frontière s'insuffle dans ses bronches, il sent l'acier de son glaive à sa hanche, et le feu qui crépite emplit tout l'espace sonore. Cette fois cela ne ressemble pas à une fuite, une voix dans la forêt bruisse qu'il est exactement là où il doit être. Et le conte de Quintus se mélange avec celui du bois de Nemi, il est centurion, et il est l'esclave en fuite, la voix est celle de la déesse Diane, qui lui promet un peu de vérité, enfin.

« J'ai vraiment cassé l'ambiance, je suis désolée », murmure Gaby devant son air lointain.

Virgil ne se sent pas égaré, il n'éprouve pas comme au musée un sentiment d'arrachement.

« Vendredi, je fais une fête pour mon anniversaire, avec un couple d'amis qui passent la barre des cinquante à peu près en même temps. Tu veux venir ? On a privatisé une boîte. Ça me ferait plaisir.

– On t'a déjà dit que tu étais assez décousu comme type ? répond Gaby en lui caressant la joue.

– J'aimerais t'inviter en week-end en Sardaigne aussi.

– Tu n'as pas un peu trop bu ? Je sais que j'ai jeté un froid mais tu peux me dire ce que tu en penses ? Allez, tends-moi une perche s'il te plaît.

– Je suis d'accord avec toi. Le couple c'est le seul endroit de ma vie où je me suis comporté comme une merde et où on m'a traité comme une merde. Tout le reste, c'est du vent. Seul, je suis supportable, seul, je reste un mec qui ne me fait pas honte. Et je n'ai même pas besoin de me donner du mal pour faire foirer les débuts de relation, il me suffit de ne pas aller contre le rythme et le rythme est impossible. Les femmes qui me plaisent ont mon âge, elles ont des vies, des boulots, des ex, des enfants, des amis. Sans forcer, on arrive très vite à ne pas trop se voir. Et sans rien se dire, sans rien vouloir, jamais rien ne prend. Ça ne prend pas, tout simplement. Tu comprends ?

– Je comprends que j'aurais dû prendre l'option "sans la perche". Tu disais quoi pour le week-end ?

– Attends, on va y aller en Sardaigne, promis, mais laisse-moi finir. J'ai mis du temps à m'avouer pourquoi je continuais à raconter que j'attendais quelqu'un, que quelqu'un me manquait. Ce n'est pas parce que j'ai peur de passer pour un cynique ou un vieux garçon, c'est parce qu'une partie de moi sait un autre truc, comme une sorte de putain de loi de l'univers. Si je n'ai plus jamais à vivre sous le regard d'une femme, à prendre en compte ce regard, à rêver de m'y soustraire ou à m'y trouver beau, je ne serai sans aucun doute plus jamais malheureux. Et plus jamais je ne changerai.

– Je ne suis pas sûre de…

– Plus jamais je ne changerai… il y a quelque chose de plus terrifiant que ça ?

– Ah…

– Ça fait peut-être beaucoup pour un kebab. Tu es sûre que tu ne veux pas mes frites ? La sauce samouraï est offerte je te rappelle. »

Ils repartent lourds, il est 10 heures du soir. Virgil pense que cette quête est idiote et que Gaby a sans doute envie de rentrer mais qu'elle hésite à le dire. Elle commence un « Je crois… » que Virgil interrompt :

« La même soirée si on avait vingt-cinq ans, lance-t-il avec un sourire d'épiphanie.

– Quoi ?

– Si on avait vingt-cinq ans ce soir, pour notre troisième rendez-vous, au lieu d'échanger des théories sinistres, on serait au summum de notre baratin, à se vendre les meilleures versions de nous-mêmes dans le seul but de faire exploser l'autre de désir. »

Virgil s'anime et la fait rire. Il mime l'assurance, lui promet qu'il pulvérisera tous ses amants en inventivité.

Il est l'ex-mannequin italien du restaurant, il lui fait la cour avec de grands gestes, de grands mots, et les voilà à Florence, au couvent San Marco, où il invente pour elle des prêches sévères et célestes de Jérôme Savonarole, l'exhortant à renoncer à la médiocrité des plaisirs de la chair pour viser l'épectase. Et quand son âme gonflée d'avoir trop aimé Dieu vibre fort à ses tempes au point de l'étourdir, il l'emmène flirter comme des adolescents au musée des Offices, riant du sexe des héros, excités par le soyeux des veines affleurant aux muscles des statues. Puis ils louent un scooter et filent déjeuner à la Villa La Massa. Le regard perdu dans l'eau verte et lourde de l'Arno, ils versent une larme et portent un toast au petit incompris de Luigi Comencini. Ils prennent ensuite un train paresseux pour Sienne où ils flânent, élégants, décadents, font la connaissance d'un couple de jeunes touristes américains qu'il ensorcelle comme dans un roman de Patricia Highsmith. Deux jours durant, ils les séduisent jusqu'à les réduire en adoration, se repaissent de leur envie, et les abandonnent pantelants, leurs cœurs drainés de tout désir et lestés d'une éternelle mélancolie. Après les adieux, ils marchent tard dans les ruelles et il la scandalise en lui racontant des contes de Boccace, s'interrompant régulièrement pour la prendre debout sous le couvert d'un porche sombre, des assauts brutaux, brefs, bâclés, jusqu'à ce qu'elle ne puisse tourner dans une rue sans vendre son âme pour le prochain coin de ténèbres. Le jeu dure jusqu'à l'aube, ils s'échouent épuisés sur la Piazza del Campo, le premier café a la saveur des douleurs voluptueuses.

Il est le commissaire de police qu'elle vient supplier un soir de lui faire sauter deux années de contraventions. Il s'est fait prier, prétextant des activités nocturnes pour lui donner rendez-vous un peu avant minuit dans un bureau austère près de la place Blanche. À peine est-elle arrivée qu'il lui annonce qu'elle va devoir mériter chaque faveur, payer chaque infraction. Il l'emmène pour une ronde des clubs louches du quartier avec la consigne de lui obéir en tous points et elle s'entend dire : je serai obéissante. Dans un bar à entraîneuses, il la déshabille et la laisse exhibée, assise sur le canapé craquelé, offerte aux regards des clients pendant qu'il règle ses affaires avec le patron au comptoir. De temps en temps, il la rejoint pour lui faire changer de pose avant de l'abandonner à nouveau. Le jeu dure longtemps, les poses sont de plus en plus indécentes. Elle est rouge des pieds à la tête, consumée de gêne et d'excitation. Dans un bar à strip-tease, il paie une danseuse pour la faire monter sur scène et livrer au public un show lesbien sulfureux. Dans un bar glauque réservé à la faune du petit matin, il finit par lui dévorer le sexe sur le rebord d'une table dans le couloir menant aux toilettes.

Il est un célèbre musicien américain en tournée à Paris, il s'appelle Anton Meyer et tout le monde spécule sur son suicide prochain. Chaque centimètre de sa peau semble avoir été vendu aux enchères, il est une exposition ambulante de lui-même, plus faux que sa statue au musée Grévin, plus frelaté qu'un blues du Mississippi arrangé pour une starlette de téléréalité s'essayant au R'n'B. Il a un album de retard, comble le vide par cette interminable tournée européenne, partout encensé, partout solitaire, arrivant de plus en plus saoul sur scène, nauséeux de constater que sa déchéance fascine le public davantage que sa musique. Il n'a pas joui depuis des années quand il la croise un soir, par hasard, dans un troquet où il se cache au milieu de la nuit pour échapper aux groupies et à sa conscience. Ils nouent facilement la conversation, elle sait qui il est mais elle n'est pas mélomane, elle le trouve beau mais trop abîmé, en revanche elle le trouve gentil et quand elle lui dit ça, son cœur explose de reconnaissance. Il veut être gentil. Il lui raconte son enfance, lui dit comme elle était lumineuse, l'odeur des strudels de sa mère, du tabac de son père, les blagues, les farces, les chansons, les rires de la maison. Il lui demande de rentrer avec lui et elle accepte, il prévient qu'il ne sait plus trop faire l'amour mais qu'il aimerait dormir dans ses bras. Elle est un peu surprise devant le palace, ils prennent l'entrée de service, montent dans la suite. Une fois à l'intérieur, elle fait le tour des trois pièces somptueuses, il est gêné, lui demande si elle veut quelque chose du room service. Elle le prend par la main et le guide dans la salle de bains, elle le déshabille, puis elle le pousse dans la douche, règle la chaleur de l'eau, se saisit du savon et lui demande de la laver. Il le fait lentement, et le souvenir de centaines de corps interchangeables coule avec la mousse à leurs pieds vers le siphon. Elle le savonne à son tour et se frotte contre sa cuisse, le plaisir est sans destination, elle lui pose de petits baisers sur les biceps, sur la poitrine, dans le cou. Ensuite, ils marchent nus vers le grand lit, en passant devant un miroir Anton ne déteste pas l'image que la surface reflète. Sous les draps, ils s'imbriquent à la perfection, comme s'ils se connaissaient depuis l'adolescence. Et ils s'endorment.

Leurs pas les ont conduits au pied des escaliers de la Butte, Gaby lui dit : « C'était bien, merci. J'ai froid et j'ai soif maintenant. » Virgil l'emmène dans un bar coloré, sans demander au comptoir si quelqu'un connaît Marylène. Ils se serrent sur une banquette,

Gaby frissonne et semble encore un peu perdue dans les tableaux qui s'effilochent. Ils commandent une bouteille de vin rouge.

« C'est un peu beau, quand même, toi et moi », affirme-t-elle.

Il avait envie de l'entendre, enveloppe sa main, son genou sous la table.

« Dis-moi comment cela pourrait être encore bien dans un mois, dans un an. »

Gaby le fixe, étonnée, elle lui trouve un courage inattendu, alors elle prend son temps et rassemble ses pensées.

« C'est une question de rythme, on est d'accord là-dessus. Tu me laisseras faire. On commencera par régler nos plannings de garde des enfants. La semaine sans eux, on la passera ensemble. Sans attendre on s'invitera à tous nos dîners entre amis. Souvent on n'aura pas envie de sortir mais on se forcera, pour apprendre à être deux au milieu des autres. Certains soirs, tu me donneras rendez-vous chez toi pour faire l'amour. Tu m'attendras derrière la porte, j'entrerai sans prononcer un mot, tu me saisiras là dans le couloir, ce sera long, lascif, indécent, je veux qu'on baise très sérieusement quand on baise, au bord de l'effroi et du vertige. On s'écrira une genèse pornographique, comme ça plus tard on pourra convoquer des images excitantes et pas seulement le souvenir du désir. D'autres soirs, on ira au cinéma, au restaurant, on se marrera comme des ados et on se racontera dans le moindre détail nos vies et nos problèmes et puis on se couchera tôt, tout nus et collés. La semaine avec nos enfants, on se manquera, ce sera agréable, mais le soir on s'appellera dix minutes, pas plus, et pas de sms. Tous les quinze jours, sans déroger, tu viendras chez moi le dimanche pour déjeuner avec mes deux anciens maris et nos enfants, enfin les enfants qui veulent bien (mais ce sera si drôle, si joyeux qu'ils voudront être là, tu verras). Bien sûr, la mère de ta fille sera toujours invitée. Au début elle ne voudra pas mais on finira par la convaincre. Vous, les hommes, vous serez bêtes, heureux et bruyants et vous rivaliserez en cuisine. Ton ex-femme et moi, on se moquera de votre esprit de compétition mais on adorera manger vos plats. Rapidement, tu te joindras aux soirées poker de mes ex, vous aurez une vie sans moi et j'adorerai vous imaginer ensemble, sachant que vous êtes ma famille et que maintenant que je t'ai rencontré, cette famille est complète, pour toujours. J'aurai une totale autorité sur les calendriers, les rites et les équilibres, tu te soumettras parce que quelque chose en toi sait que tout tient à ces batailles élusives. Je me sentirai invincible, protégée et en contrôle. Tu te sentiras adoré, soutenu, sur la brèche. Je serai exigeante pour toi, tu me seras loyal à l'excès. Bien vite, on n'aura même plus peur du mot couple. Dès qu'on se sentira un peu rassurés, on se donnera du mal pour faire un peu de bien autour de nous. Ah... Je te trouverai gentil et tu sentiras que c'est là que grandit ta certitude de ne jamais me perdre. Au fil des ans, tu deviendras terriblement romantique, tu inventeras de plus en plus de moments pour que je me laisse porter, tu me feras sentir la chance que tu éprouves de m'avoir rencontrée. Tu te lanceras dans des régimes, reprendras la course, je t'encouragerai alors que j'aime ton corps parce que je serai excitée par ton envie d'être beau pour moi. Dans ces moments, je ne porterai que des robes et des dessous sexy à la limite du vulgaire. On traversera aussi des périodes d'ennui, tu me tromperas un peu et me le cacheras bien, je te tromperai un peu mais en te le laissant toujours deviner. Au moins une fois, on songera à se quitter, il y aura de la colère et des mots dégueulasses. Je te mettrai à terre, même si c'est toi qui as envie de te barrer et que j'en crève, je serai tellement plus forte que toi. Mais le premier problème sérieux nous jettera dans les bras l'un de l'autre, reconnaissants et épouvantés d'avoir failli nous perdre, avec un brin de malice et de goût du drame parce qu'au fond, on n'aura jamais douté de nous. Tu seras patient avec ma peur de vieillir, tu ne cesseras jamais de me raconter des histoires. Si tu n'arrêtes pas de me raconter des histoires, je ferai de toi l'homme le plus heureux au monde. Quand nos enfants auront grandi et feront des enfants, on aura l'impression d'être parents ensemble et on adorera ça. On emmènera les petits dans des voyages fous pour être sûrs de dépenser tout ce qu'on a, de notre vivant, avec eux. Et puis tu mourras avant moi.

– Il y a une raison ?

– Non, c'est bêtement statistique. »

Virgil et Gaby se taisent, ils boivent mais ne finissent pas la bouteille. Elle lui rappelle qu'elle a deux ados qui dorment chez elle. Il lui faut les rejoindre. Elle lui dit que ce n'est pas grave s'il n'a pas trouvé Marylène, et aussi qu'il a eu raison d'essayer. Virgil lui demande si elle viendra vendredi à la fête, elle lui répond que sans doute non, que c'est un peu trop tôt pour rencontrer sa bande mais qu'elle attend avec une grande impatience de repasser sa porte ou qu'il l'invite au restaurant. Il lui appelle un taxi. Leur dernier baiser est tendre, lourd, fatigué.

JEUDI

14.

IL EST FACILE DE PERDRE SON PÈRE quand on a cinquante ans. C'est une étape naturelle, dans l'ordre des choses, un chagrin légitime, un deuil sans injustice, et dans le cas de Virgil une mélancolie sans regrets puisqu'il n'avait pas attendu qu'il soit mourant pour lui dire son amour et sa profonde gratitude d'avoir été son fils. Il est facile de perdre son père quand on a cinquante ans. Il est moins facile d'être un homme après lui.

Son père était grand et large d'épaules, il avait de beaux yeux bleus et la voix grave. Il aurait été imposant s'il n'avait donné l'impression de toujours s'excuser de prendre trop de place. Il était charmant, généreux, provocateur, avide du bonheur des autres et assez encombré du sien. Son enfance difficile lui avait enseigné qu'il ne valait pas grand-chose et sa réussite professionnelle n'avait pas su le convaincre du contraire. Il aimait sa femme et ses enfants, les plaisirs de la table pourvu qu'on soit nombreux autour, ses amis, les romans policiers, les jolies filles qui lui faisaient des compliments, les westerns de John Huston. Aussi séduisant que mélancolique, il avait traversé la vie comme un héros sans guerre. La covid lui avait coupé le souffle après que l'ennui eut commencé à peser trop fort sur ses épaules.

Virgil avait eu la chance de profiter de lui dans ses dernières semaines à l'hôpital. C'était la deuxième période de l'épidémie et les soignants s'étaient souvenus que crever seul était la pire façon de crever. Comme son père avait refusé la réanimation, l'issue avait été rapidement certaine, et curieusement précise dans son calendrier. Ce qui avait été étrange, c'était d'avoir en face de lui un homme plutôt beau bien qu'affaibli et tout à fait présent dans les plages de vingt minutes qu'il autorisait à ses visiteurs. Virgil avait vu mourir son père vivant. La robe en papier qui était devenue son seul habit était une insulte à sa prestance naturelle et les tuyaux qui le reliaient au respirateur lui conféraient un air de cyborg qui jurait avec son charisme aveyronnais, mais il le recevait assis dans un fauteuil, les journaux disposés sur une table d'appoint, et pendant qu'ils discutaient, Virgil était conscient de la chance qu'il avait d'emporter avec lui jusqu'à la dernière heure le sentiment de fierté d'être le fils de ce bonhomme-là. Cette bénédiction s'accompagnait d'un sentiment de désordre, la mort de l'homme qu'il aimait le plus au monde manquait de gravité, de décorum, c'est comme si son père avait tout arrangé pour ne pas lui peser et lui rendre l'épreuve la plus aisée possible, cela lui ressemblait tant. Il avait décidé qu'à la première douleur trop vive, la morphine l'aiderait à quitter la scène sans grimacer. Virgil savait que cette ultime politesse aurait ses propres effets mais il tenait à se concentrer sur le présent et à répondre à la seule demande de son père : qu'il soit là, solide, aimant mais sans drame, un compagnon bien taillé pour son départ qu'il souhaitait digne d'un stoïcien (son père aurait préféré : digne de John Wayne disparaissant à l'horizon).

La veille de sa mort, son père avait d'ailleurs trouvé le moyen de lui confirmer l'importance qu'il attachait à faire une sortie remarquable. Deux dames polies des soins palliatifs étaient entrées dans la chambre et s'étaient présentées. Elles avaient pris le temps d'expliquer qu'elles n'étaient pas là pour discuter de ses choix de fin de vie mais uniquement pour adapter ses possibles derniers désirs à la gestion de la souffrance. Entre leur tact, les considérations légales et le jargon médical, il fallut un peu de patience pour comprendre ce qu'elles étaient venues proposer : on a bien compris que vous voulez partir dès que la douleur s'annonce mais si vous souhaitez prolonger un peu pour régler des affaires ou voir d'autres personnes, on est là pour ça. Le père de Virgil les avait remerciées pour leur sollicitude. Cela irait, il était prêt, Il voulait en profiter pour leur dire qu'elles faisaient un métier bien difficile, elles et toute la bande de soignants épatants qui s'occupait de lui depuis deux semaines. Il voyait bien les efforts que tout le monde faisait pour cacher l'épuisement. Bref, il leur avait parlé d'elles, leur remontant le moral jusqu'à ce que les deux dames se mettent à avoir les larmes aux yeux et le menton tremblant (Virgil s'était dit sur le moment que ce devait être une sorte de faute professionnelle quand on représente les soins palliatifs tant elles luttaient pour ne pas le montrer). La scène devenait cocasse, l'une d'elles tenta un : « Vous êtes sûr ? Pas de temps en plus ? » et là, son père, avec sa grosse voix du Sud (il exagérait son accent chaque fois qu'il disait une chose importante), déclama :

« Écoutez mesdames, je vois que vous êtes bouleversées mais ce n'est pas nécessaire. Croyez-moi quand je vous dis que j'ai eu une vie formidable et que je pars en paix. Ma famille sait que je l'aime, je sais que ma famille m'aime. Tout a été dit et tout est beau. »

Bon, là, évidemment, les dames polies des soins

palliatifs avaient explosé en sanglots et avaient vite quitté la chambre.

Son père s'était redressé dans son fauteuil et avait rouvert son journal. Virgil, sur sa chaise de l'autre côté de la chambre, le fixait avec une expression mi-ahurie, mi-contrariée. Son père arqua un sourcil, le toisa derrière la page du *Figaro* : « Quoi ? Qu'est-ce qu'il y a ? »

Virgil lui lâcha : « T'as pas l'impression de mettre la barre un peu haut ? »

Son père avait gloussé comme un mauvais gamin en lui répondant : « Je sais... J'ai été plutôt bon, hein ? »

Ce fut leur dernière conversation.

Virgil applaudit encore l'artiste chaque fois qu'il y pense et il y pense souvent, comme ce matin, au bureau, devant son ordinateur, en regardant la photo noir et blanc où le beau géant lui adresse un sourire complice.

Il sent un poids le quitter. Il entrevoit enfin la suite, toute la suite. Une pensée d'une grande banalité chasse tous les tourments et les interrogations criardes : il est temps de grandir.

VENDREDI

15.

Le lendemain, ce sentiment de clarté ne l'a pas quitté au réveil. Il a le devoir de faire face enfin à ses privilèges : il est en bonne santé, il exerce un métier passionnant, il est le père d'une fille éblouissante, tant d'amis précieux l'entourent et lui veulent du bien, il ne manque de rien. Il est temps de désirer le réel et le présent. Les rêveries ont eu leur utilité mais elles sont devenues une distraction et surtout elles alimentent une insatisfaction qui le condamne à une adolescence perpétuelle un peu pathétique. Comme cette histoire d'amour qu'il est très certainement en train d'enchanter, rejouant des discussions dans sa tête jusqu'à ce qu'elles sonnent comme des répliques mémorables, inventant des épisodes ou des scènes improbables, s'appuyant sur une agréable rencontre pour s'offrir à la force de sa trop puissante imagination l'illusion d'un coup de foudre hollywoodien. À son âge, attendre une femme « faite pour lui », c'est le constat d'un égocentrisme niant l'altérité. Il est temps qu'il se sente capable d'être lui, fait pour quelqu'un d'autre, et qu'il s'en donne les moyens, qu'il produise les efforts. Il a une entreprise à diriger, des auteurs à lancer, des amis à soutenir, une fille à épauler, et il s'en sent capable. Dire au revoir à Quintus, Anton et les autres est un maigre prix à payer pour se sentir à la hauteur. Ne pas s'emballer sur Gaby et prendre le temps de la découverte sans ouvrir une fois de plus une voie royale vers la déception semble raisonnable.

En ce vendredi de décembre, il est porté par une énergie phénoménale. Il se prépare sans tarder mais trouve le temps de ranger l'appartement et de lancer les machines. Dans la rue, dans le parc et dans le tramway, il dresse la liste des tâches qu'il souhaite mener à bien dans la journée et les inscrit dans la fonction « notes » de son téléphone. Jamais le trajet ne lui a paru aussi court. Au bureau, il enchaîne les réunions avec enthousiasme. Ses collaboratrices trouvent en lui une écoute de qualité, leurs remarques approbatrices lui laissent deviner qu'il en a manqué ces derniers temps. Il déjeune à la cantine, se passionne pour l'ouverture d'un nouveau département au sein d'une autre société du groupe. En début d'après-midi, il se connecte à

Doctolib et prend deux rendez-vous qu'il repoussait depuis un an. Il en profite ensuite pour résilier un service de streaming qu'il n'utilise jamais. Il appelle sa mère, discute du dernier étudiant auquel elle sous-loue une chambre puis des endroits où ils pourraient disperser les cendres de son père. Il est heureux de la trouver plus apaisée. Il finit par s'inviter chez elle au prochain repas dominical. Après, il envoie plusieurs mails de refus à des auteurs qu'il a trop longtemps laissés dans l'incertitude. Il finalise la liste des stocks à pilonner, relit un contrat que lui propose un nouveau service d'audiolivre, il appelle son avocat pour faire le point sur une affaire de plagiat au sein d'un couple d'auteurs récemment séparés et qui n'ayant pas d'enfants se font la guerre sur la paternité de quelques pages. Ensuite, il part tôt et met à profit le trajet du retour pour traquer les courriels en souffrance. Quand il rentre chez lui, il s'offre le luxe d'une courte sieste.

Il prend une douche, se rase et passe un de ses nouveaux costumes. Devant le miroir, il se trouve élégant. Le stress de cette semaine a eu une conséquence positive inattendue : il a perdu quelques kilos et il peut rentrer sa chemise dans son pantalon sans que son ventre ne déborde au-dessus de sa ceinture. Cela le rend très fier. Il prend la résolution de surveiller davantage son alimentation et de faire des séries d'abdos pour pouvoir continuer à rentrer ses chemises dans ses nouveaux costumes.

Il file dans la cuisine se faire une salade. Comme il n'y en a jamais, il se prépare un sandwich et le mange debout en écoutant la radio. Il a décidé de partir tard pour la fête, il ne veut pas arriver parmi les premiers. Fabio et Céline ont tellement d'amis que la boîte sera bondée. Entre la foule de jeunes gens qu'ils entraînent dans leur sillage, Lucie et sa bande, la soirée sera joyeuse.

Il a décidé qu'il s'y rendra à pied, ce dont il se félicite dès les premières foulées. Quand la nuit descend tôt en hiver, Virgil est certain que Paris, vexée d'être pressée, se venge en prétendant qu'elle n'a rien remarqué. Les boutiques résistent à la fermeture, le froid engourdit et ralentit l'allure, tout s'englue, traîne. Comme on s'approche du réveillon, on trouve quelques étoiles et guirlandes enjambant les rues mais rien d'ostentatoire. Cette ville est si snob que contrairement à toutes les autres capitales, elle met un point d'honneur à négliger les décorations. Paris à Noël, c'est une ado boudeuse qui débarque à un mariage où elle ne voulait pas aller avec ses Doc Martens et un vieux jean troué. Virgil l'adore pour cela.

Il profite des trois quarts d'heure de balade pour faire le point sur un certain nombre de ses plus récentes aventures. Il regrette les fois où il a trop laissé durer la relation parce qu'il était en manque de présence et de tendresse. Même s'il prend toujours soin de ne pas créer de faux espoirs, il doit bien s'avouer que la régularité construit une forme de promesse, et qu'il s'est souvent retranché derrière la sincérité pour ne pas assumer qu'il causait de la peine. Il se demande s'il se sentira prêt un jour à revivre avec quelqu'un, il lui semble que non. Ou il lui faudra attendre que Lucie ait pris son envol. Ou il est temps de s'avouer qu'il prolonge son célibat parce qu'il est en position d'en profiter. Peut-être que c'est ça, son secret honteux, tenir des discours sur la difficulté d'être à deux pour multiplier les histoires, confiant que quand cela demandera plus d'efforts, il sera toujours possible de se replier sur le couple. C'est le soupçon qu'il avait formulé au sujet de Sarah et il est indéniable que sa meilleure amie et lui partagent un paquet de défauts.

Quand il n'est plus qu'à deux rues de la fête, il ralentit pour apprécier sa cigarette et éprouve une légère contrariété en découvrant qu'il a déjà presque vidé le paquet. Une fois l'entrée du club en vue, il ferme le bouton de sa veste sous son manteau, il ouvre un bouton de sa chemise et il fonce dans un bar PMU pour commander un pastis au comptoir. Il ne s'y attarde pas parce que c'est quand même un peu con d'être là. Il se motive, sort, traverse la rue. Et il entre.

Dès le vestiaire, c'est la ronde des « comment ça va ». Tout le monde est content, Céline a trouvé le lieu parfait, suffisamment petit pour être vite rempli, juste assez kitsch pour que chacun se sente à l'aise.

La soirée est bien lancée, il avise un carré où Fabio et Romane sont en grande discussion et va les embrasser. À la façon dont son ami se marre et semble avoir rajeuni de dix ans, il sait que Romane lui fait beaucoup d'effet. Fabio est si fidèle et amoureux de sa femme que, quand une autre lui plaît, il peut profiter sans retenue de la sensation sans redouter ses développements. D'ailleurs Céline les rejoint avec une bouteille de champagne et dévore son mari des yeux, visiblement ravie de le trouver si alerte. Virgil se souvient d'un dîner au cours duquel on lui avait demandé son avis sur le dernier Tarantino. Céline avait répondu sur un ton badin qu'elle avait été tellement excitée par Brad Pitt et Fabio par Margot Robbie qu'ils s'étaient dépêchés de rentrer pour faire l'amour en gardant bien les yeux fermés. Ça n'avait fait marrer que lui. Il y a sans doute une leçon à tirer de la réussite du couple de ses amis mais pas ce soir. Ce soir, il va suspendre les débats et se contenter de profiter du moment.

Virgil les abandonne le temps d'aller se chercher un cocktail. La barmaid est canon, une blonde assez ronde au visage expressif marqué par le goût de la fête.

« Je vous sers quoi ?

– Vous faites des Pisco sour ?

– Bien sûr, on m'en commande souvent en ce moment. Je me demande qui a relancé ça. Vous l'associez à un bar en particulier ?

– Non, j'ai découvert le Pisco il y a très longtemps lors d'un voyage au Pérou. Je pense que j'en bois depuis pour célébrer un beau moment.

– Un voyage amoureux ?

– Oui, avec celle qui est devenue ma femme. »

Il désigne du doigt Raphaëlle qu'il vient de repérer à l'autre bout de la salle.

« Oh c'est beau. Je lui en prépare un ?

– Je crois qu'elle déteste ça. »

La barmaid relève l'ironie dans sa voix.

« Une mauvaise passe ?

– Pas du tout, on est séparés depuis seize ans et on s'entend très bien. Et vous voyez la jolie brune en débardeur qui est à deux doigts de tomber de la table là-bas ? C'est notre fille. »

La barmaid se marre, lui donne son verre et lui tend sa main.

« Je m'appelle Louise.

– Virgil. »

Il garde sa main dans la sienne les deux secondes nécessaires à l'ouverture d'un flirt mais elle ajoute avec à-propos :

« Et vous êtes venu seul ce soir, Virgil ?

– Je ne sais pas. Ou pour être plus clair : non je ne suis pas seul, et non je ne pense pas qu'elle vienne ce soir.

– Vous le regrettez ? »

Il est surpris de la facilité avec laquelle il répond : « Franchement oui. »

Comme s'il avait récité une formule magique, une tache rouge attire son attention dans la petite foule. Gaby vient de faire son entrée. Elle le cherche des yeux, dans une robe de femme fatale tirée d'un roman noir et juchée sur des talons vertigineux. Il est si surpris de la voir et ému de la trouver si belle. Il glisse à Louise en montrant son verre : « Finalement j'en veux bien un deuxième » et traverse la salle. Il doit encore avoir l'air ahuri quand il rejoint Gaby car elle se méprend sur son expression et pâlit.

« Oh merde ! Je savais que c'était une erreur. Ça te gêne que je sois là, il y a tous tes amis, c'est ton anniversaire, on se connaît à peine. Écoute : vraiment ce n'est pas grave ! On en parle demain ou un autre jour. Ne te sens pas coupable, je comprends, profite. »

Elle veut partir, il la retient et la tire vers le bar.

« Tiens, dit-il en lui tendant son Pisco sour.

– Mais vraiment…, continue Gaby toujours gênée.

– Arrête. Je suis heureux que tu sois venue. Je ne m'y attendais pas, c'est tout. »

Gaby reprend son souffle, boit une gorgée, demande à Louise : « J'aime bien, c'est quoi ?

– Un beau moment » fait la barmaid malicieuse avant de filer s'occuper d'autres clients.

Gaby se détend. Ils vident leur verre, bientôt un autre. Fabio passe se présenter, Virgil évoque sa maison en Sardaigne et son ami insiste immédiatement pour leur prêter. Fabio raconte quelques histoires à Gaby sur Virgil, des anecdotes finement dosées pour qu'elle puisse rire de lui sans jamais le trouver ridicule. Céline rejoint le trio déjà complice et comme elle est un peu saoule, elle en fait des tonnes sur le fait qu'il est temps que Virgil se range avec une femme bien, c'est maladroit et plein d'amour, Gaby habite avec grâce le piédestal qu'on lui dresse. Ensuite ils vont tous danser, à côté des jeunes qui font un triomphe à Big Loulou : le colosse enflamme la piste avec un déhanché digne de Bruno Mars.

La musique, l'alcool, l'amitié, l'odeur de sueur sucrée au creux du cou de Gaby que Virgil se retient d'empoigner. Il l'amène de nouveau vers le bar, dans un coin où il sera moins exposé pour enfin l'embrasser. Il n'est gêné que par la présence de sa fille et uniquement parce qu'il n'a pas trouvé le temps d'introduire Gaby dans leur conversation.

Les Piscos se renouvellent un peu trop vite sous la férule de Louise. Virgil traque sur la bouche de Gaby ce léger affaissement qu'il a identifié comme l'insinuation du désir. Croyant l'avoir débusqué, il penche la tête pour chercher un baiser mais une main s'abat sur son épaule. Marylène se tient à côté de lui, dans un tailleur noir qui lui donne un air particulièrement sévère. Le fait qu'elle ne porte rien sous la veste n'y change rien.

« Dis-moi, toi, tu peux m'expliquer pourquoi tous les restaurateurs et patrons de bar de mon quartier pensent que j'ai été kidnappée ou que j'ai fait une overdose ?

– Je suis désolé.

– J'imagine que tu t'es trouvé chevaleresque mais pour qui je passe, moi ? Tu n'y avais pas réfléchi je suppose ? »

Virgil tente de formuler une excuse plus construite mais Marylène se fige et écarquille les yeux en dévisageant Gaby.

« Dis, toi, tu ne serais pas la fille qui offre une tournée aux charos ?

– Pardon ?

– Mais oui ! *Pour le petit gros ce sera un shot d'éducation, pour le chauve un peu d'amour-propre et...* C'est toi ? Dans mes bras ! »

Elle manque de l'étouffer en joignant le geste à la parole.

« Je ne comprends pas, comment tu sais pour...

– Tu es une légende dans le quartier. Hier on m'a raconté l'histoire trois fois avant le déjeuner. »

Gaby n'en revient pas.

« Quatre en comptant l'amie qui m'a montré la vidéo.

– La vidéo ?

– Sur YouTube, j'ai liké tout de suite. Je devais être la cent millième. »

Gaby manque de défaillir. Marylène, éperdue d'admiration, ne le remarque pas mais elle semble soudain penser à quelque chose.

« Mais alors... quand tu dis que tu es avec ton mec dans le bar... »

Elle fixe Virgil.

« C'est elle, ton chat sauvage ? »

Gaby questionne Virgil du regard, il lui fait signe qu'il lui expliquera après. Marylène recadre l'attention de son ami et déclare, solennelle :

« Tu ne la mérites pas !

– Je sais.

– Non tu ne *sais* pas ! Tu dis ça juste parce que t'as peur de moi là, mais tu ne la mérites pas. »

Elle revient à Gaby.

« J'imagine que tu as accompagné le grand couillon toute la soirée pour me chercher ? »

Gaby fait oui de la tête.

« Ça me touche beaucoup. »

Virgil va protester devant l'injustice du traitement mais Marylène se crispe et son visage se fait cruel. À l'autre bout du long comptoir, Sarah se tient immobile, timide, mains croisées sur son ventre. On se croirait dans un film de Sergio Leone.

« Tu vas faire quoi ? glisse Virgil.

– Je vais lui donner une chance. Mais une seule ! Et je t'avoue que je n'y crois pas beaucoup.

– Qu'est-ce qui t'a fait changer d'avis ?

– Oh je lui en veux toujours autant mais depuis le temps que j'ai envie d'elle, je me suis dit que je serais bête de m'en priver. »

Elle inspire, redresse les épaules et plisse les yeux : « Mais elle va filer droit, tu n'as pas idée ! » Elle fait un pas, s'immobilise au niveau de l'épaule de Virgil, approche la bouche de son oreille et lui chuchote : « Tu es un bon ami. Et sors ta chemise de ton pantalon, c'est pas toi, ça. » Puis elle fond sur Sarah qui est tendue comme une môme partagée entre l'espoir du pardon et l'inexorabilité du châtiment corporel qui va le précéder. Gaby ne rate rien de la scène et observe, fascinée, la façon dont Marylène commence par soumettre Sarah du regard.

« Elle va prendre cher », commente Virgil.

Gaby se mord les lèvres et laisse échapper : « Oh oui… et comme on voudrait toutes être à sa place. »

Virgil s'étrangle dans son Pisco. Gaby se colle contre lui.

« C'est vrai que tu ne me mérites pas. »

Ils s'embrassent enfin.

C'est sans doute parce qu'il se sent parfaitement bien que Virgil a cette drôle d'idée, un élan qu'il suit sans hésiter parce que le présent lui paraît aussi brillant, coloré, bruissant et vivace qu'une fiction déployée. Il dit à Gaby qu'il doit lui expliquer, tout, lui, cette semaine merveilleuse et redoutable où il s'est senti sombrer. Il lui confie l'addiction aux narrations, aux avatars, au réel enrichi, sans rien cacher de la peur d'avoir cru se perdre dans des superpositions où il devenait difficile de rétablir une hiérarchie claire, d'avoir touché une limite et entrevu une frontière dangereuse. Il tente d'illustrer son propos en racontant Quintus et le prêtre de Nemi, en avouant qu'en cet instant même, à la périphérie de son œil gauche, une dimension l'appelle où, au milieu des danseurs, sous la boule à facettes, Anton dans un blouson frangé lui fait signe qu'il sera toujours là pour lui, un Anton beau et apaisé. Sans pouvoir clairement le définir, il lui semble qu'il ne doit pas, ne peut pas brutalement l'abandonner, lui et toutes ses chimères, parce qu'il a l'intuition – et peut-être que le bonheur qu'il ressent avec Gaby nourrit cette intuition –, que rejeter cette part de lui est aussi vain que de se laisser envahir. Il est depuis trop longtemps envahi pour nier qu'il danse sur un fil et que s'il marche dans les rues de Paucartambo avec Lowry, ce n'est peut-être pas un mal, et que si enfin, un jour, il se rend à Naples, ce sera forcément en compagnie de Malaparte, et que, pour chaque fois où le courage lui manquera, il lui faudra l'aide d'un ami centurion, qu'Onesimus dont il vient de faire la connaissance a quelque chose de fondamental à lui apprendre sur la façon d'être un homme, au moment même où la question l'obsède depuis qu'il a perdu son père – il aurait dû d'ailleurs davantage lui parler de son père, des soirs il le réveillait enfant pour voir *Rio Bravo* ou *Les Canons de Navarone*. Il dit tout à Gaby, trop vite, mal, il s'emmêle en lui racontant comment il a déjà passé un week-end avec elle en Sardaigne, ce qu'elle portait à l'aéroport, le fait qu'elle lisait le livre qu'il publiera à la rentrée prochaine et qu'elle lui en a mieux parlé qu'il n'en parle lui-même, il lui dit qu'elle sait bien faire le feu, donner des caresses en prenant le temps de boire et de rire, il lui dit qu'elle ne s'est pas vexée quand il lui a fait vivre dans le détail cette fête de la Vierge noire où il était avec Raphaëlle, il lui dit qu'il est ce type un peu à cheval entre toutes les histoires du monde. Il espère pour finir qu'elle ne lui en voudra pas, ne prendra pas peur à l'idée que, depuis qu'ils se sont rencontrés, non seulement il a fantasmé une partie de leur propre histoire mais que, pour être parfaitement honnête, il se tromperait forcément s'il lui fallait sur-le-champ trier le vrai de l'inventé. Aura-t-elle encore envie de le voir si, au lieu de vouloir grandir et s'affranchir de ce déséquilibre, il ne renie ni n'abdique cette part qui est sans doute une bonne part de lui-même, une meilleure part de lui-même, pas juste un subterfuge, un repli, mais plutôt une chanson entraînante qu'il peut jouer pour les autres. Oui ça pourrait être bien et honnête à la fois. Si tout le galimatias insensé qu'il vient de lui sortir, en un discours pâteux et englué de Pisco, ne lui donne pas déjà envie de partir en courant, après avoir dit un truc gentil parce que c'est son genre et, oh putain merde ! c'est vrai qu'il ne la mérite pas.

La redescente est terrible. Virgil a envie de se gifler. Gaby a l'air sonné. Elle fait une moue inquiète, dubitative, attendrie, elle sourit enfin et ce sourire ressemble à une question qu'elle s'adresse. Elle prend d'ailleurs le temps puis se formule une réponse, cela se lit dans ses yeux qui se défroissent. Elle retrouve un rien de légèreté et lui dit :

« En gros, ce que tu m'expliques, c'est que tu me trouves trop chouette pour être vraie ?

– C'est ça, exactement ça. Je t'en supplie retiens ça et rien d'autre. »

Elle lui plante un baiser joyeux, chargé de promesses.

« On retourne danser ? »

Ils se dirigent vers la piste.

Si ça, c'était le pire, le reste serait si merveilleux.

Virgil prononce : « Maintenant. »

Cet ouvrage
a été mis en pages par In Folio,
reproduit et achevé d'imprimer
en janvier 2024
dans les ateliers de Normandie Roto Impression s.a.s.
61250 Lonrai
N° d'imprimeur : 2304686

Imprimé en France

Dépôt légal : février 2024